Os Pássaros do Amor e da Sorte

Os Pássaros do Amor e da Sorte

Nicholas Drayson

Tradução
Inês Cardoso

Título original: A GUIDE TO THE BIRDS OF EAST AFRICA

Copyright © Nicholas Drayson, 2008

Direitos de edição da obra em língua portuguesa no Brasil adquiridos pela EDITORA NOVA FRONTEIRA S.A. Todos os direitos reservados. Nenhuma parte desta obra pode ser apropriada e estocada em sistema de banco de dados ou processo similar, em qualquer forma ou meio, seja eletrônico, de fotocópia, gravação etc., sem a permissão do detentor do copirraite.

EDITORA NOVA FRONTEIRA S.A.
Rua Bambina, 25 – Botafogo – 22251-050
Rio de Janeiro – RJ – Brasil
Tel.: (21) 2131-1111 – Fax: (21) 2286-6755
http://www.novafronteira.com.br
e-mail: sac@novafronteira.com.br

CIP-Brasil. Catalogação-na-Fonte
Sindicato Nacional dos Editores de Livros, RJ

D818p Drayson, Nicholas
         Os pássaros do amor e da sorte / Nicholas Drayson ; tradução Inês Cardoso. - Rio de Janeiro : Nova Fronteira, 2009.

         Tradução de: A guide to the birds of East Africa

         ISBN 978-85-209-2187-6

         1. Romance inglês. I. Cardoso, Inês. II. Título.

CDD: 823
CDU: 821.111-3

Para Bernadette

Milhafe-preto

1

— Ah, claro — disse Rose Mbikwa, olhando para cima em direção ao enorme pássaro negro de bela cauda pairando alto sobre o estacionamento do Museu de Nairóbi —, um milhafre-preto. Que não é preto, evidentemente, e sim marrom.

O senhor Malik sorriu. Quantas vezes ouvira Rose Mbikwa dizer aquelas palavras? Quase todas em que participara da caminhada dos pássaros nas manhãs de terça-feira.

Nunca se sabe ao certo quantas espécies de pássaros serão vistas na caminhada dos pássaros das manhãs de terça-feira da Sociedade Ornitológica da África Oriental, mas é certa a presença do milhafre. Carniceiros hábeis, eles reinam sobre os detritos da sociedade humana em Nairóbi e em seus arredores. De sua primeira olimpíada escolar (quanto tempo faz? Será possível que já se tenham passado cinqüenta anos?), o senhor Malik mal se lembrava da corrida de curta distância, do arremesso de dardos ou da corrida de saco dos pais, mas jamais se esqueceria do milhafre que surgiu do nada e mergulhou para roubar uma coxinha de galinha de sua mão. Ele ainda se lembrava da pincelada de penas no seu rosto, daquele momento único quando as garras do pássaro se fecharam em volta do prêmio e daquele olho amarelo olhando fixamente para ele. É claro que não é inteiramente verdadeira a afirmação de que não guardava nenhuma lembrança do arremesso de dardos. Poucos teriam se esquecido do incidente com o cão galês da esposa do governador-geral.

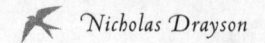

Muitos já estavam lá. Sentado ao longo do muro baixo em frente ao museu um grupo barulhento dos Jovens Ornitologistas (JO), em sua maioria estudantes treinando para serem guias turísticos, conversavam e farreavam. Os veteranos também estavam a postos. Joan Baker e Hilary Fotherington-Thomas estavam encostados num carro, conversando com dois homens de rostos rosados, um deles barbado, cujos trajes de cor cáqui cheios de bolsos os identificavam instantaneamente como turistas e cujos sotaques os identificavam também, de imediato, como australianos. De pé, discretamente mais afastados, estavam Patsy King e Jonathan Evans. Eles mantinham seu romance nas caminhadas das manhãs de terça havia quase dois anos e, mesmo que o senhor Malik nunca tivesse tido um caso, ele imaginava que certa discrição era necessária para se atingir a satisfação total nesse tipo de coisa. Os dois formavam um par improvável. Imagine uma girafa, sobressaindo-se na savana selvagem. Agora imagine um javali africano. O senhor Malik, no entanto, habituou-se a ver a figura alta e magricela de Patsy King caminhando a passos largos pela estrada ou pela trilha, com seu binóculo 10x50 entre suas mãos enormes, com Jonathan Evans trotando ao lado dela. Então o senhor Malik não os achava mais atípicos, era como se fossem membros de sua própria família.

Quieto em seu canto, como de costume, estava Thomas Nyambe. Em pé, de costas para o restante do grupo, olhando vidrado para o céu. O senhor Nyambe adorava pássaros e vinha freqüentando as caminhadas dos pássaros há mais tempo até mesmo do que o senhor Malik. Terça-feira era seu dia de folga do trabalho como motorista do governo. Um motorista no Quênia raramente recebe o suficiente para possuir um carro próprio, então, naquele dia, como sempre, o senhor Nyambe caminhou de sua casa até o Museu pela Factory Road, situada logo atrás da estação de trem. E, como sempre, o senhor Malik ofereceu-lhe carona para onde quer que estivessem indo naquele dia.

Um barulho, uma chacoalhada e um xingamento vociferado pela janela aberta do carro anunciaram a chegada de Tom Turnbull passando pelo quebra-molas com seu Morris Minor amarelo (o quebra-molas já estava ali havia mais de um ano, mas Tom ainda não se habituara com ele). Abriu a porta do carro, saiu e a bateu. Xingou, abriu a porta e a bateu novamente. O distante relógio da prefeitura bateu 9h.

— Bom dia e boas-vindas — disse Rose.

Todas as conversas se interromperam, todas as cabeças se viraram.

— Vejo alguns rostos novos por aqui, e muitos velhos conhecidos. Sejam todos bem-vindos à caminhada dos pássaros das manhãs de terça-feira. Meu nome é Rose Mbikwa.

O senhor Malik já se habituara com a transformação do timbre normal da voz de baixo-contralto de Rose na sua voz de discurso público, menos alta e clara quanto maior a distância. Rose passou os olhos pelo grupo, assentindo e sorrindo, depois consultou novamente a jovem que mais cedo apontara o milhafre.

— E, para os que não a conhecem, apresento Jennifer Halutu. Só gostaria de dizer que não estarei por aqui na semana que vem e que Jennifer guiará a caminhada. Na semana passada, como devem se lembrar, pensamos em ir ao MEATI, mas não tínhamos carros suficientes. Será que temos esta semana? — Ela olhou para o estacionamento. — Acredito que sim. Quem pode dar carona?

Alguns levantaram a mão, cálculos foram feitos.

— Ótimo, muito bem — disse Rose. — Vamos ao MEATI, então. Todos conhecem o caminho?

Ficou a cargo de Joan Baker e de Hilary Fotherington-Thomas explicar aos espantados novatos que o Modern East African Tourist Inn (o MEATI) era um restaurante popular que ficava nos arredores, ao sul da cidade.

Thomas Nyambe já se acomodara no assento da frente do Mercedes 450 SEL de um verde envelhecido do senhor Malik. Os bancos de trás ainda estavam vazios. "Talvez os dois turistas queiram ficar com ele", pensou o senhor Malik. Estava prestes a oferecer carona quando outro Mercedes, um SL 350 de um vermelho brilhante, passou suavemente pelo quebra-molas e deslizou para o estacionamento. Uma janela de vidro fosco se abriu, um rosto com óculos escuros se projetou para fora, sobre um braço coberto de braceletes de ouro.

— Oi, Rose. Cheguei muito atrasado? — O homem saltou do carro.
— Olá, David, George, que bom que vocês chegaram. Sua carruagem os espera.

Os turistas, que o senhor Malik agora sabia se chamarem David e George, aproximaram-se do Mercedes vermelho e foram saudados com apertos de mão, sorrisos e tapinhas nos ombros.

— Eles estão hospedados no Hilton também, Rose. Então eu disse a eles para que viessem conosco. Tudo bem para você?

Depois que os três receberam a aprovação de Rose e pagaram as taxas para visitantes, os dois convidados foram conduzidos ao assento de passageiros enquanto o motorista sentou ao volante, deu partida no carro e rumou para a estrada, gritando pela janela, antes de fechá-la:

— A gente se vê lá, pessoal.

Quem diabos era aquele? Pele morena, cabelos brancos, roupas caras e certo sotaque americano; parecia, no entanto, levemente familiar. O senhor Malik não teve muito tempo para ponderar sobre isso, nem a respeito de como aquele homem parecia conhecer Rose Mbikwa, ou mesmo se conhecia, pois logo vários negros africanos se amontoaram na carroceria de seu velho Mercedes. Os outros JO foram espremidos no Peugeot 504 de Rose, no Minor de Tom Morris e nos diversos Land Rovers, Toyotas e outros veículos que os demais veteranos haviam trazido com eles. Motores foram ligados, freios de mão, soltos. Enquanto passava suavemente pelo quebra-molas, levando seus muitos passageiros para o tráfego matutino, o senhor Malik apresentava uma expressão preocupada.

Aquele homem... Não, não podia ser. Não depois de tanto tempo.

2

Antes de descobrirmos mais sobre o estranho misterioso, devo contar a vocês um pouco mais sobre o senhor Malik e sobre Rose.

Quase todas as terças-feiras dos últimos 16 anos, quer chova ou faça sol, às 8h30, Rose Mbikwa deixa seu Peugeot 504 no estacionamento do museu. Comprou o carro em 1980, o ano seguinte ao da vitória pela terceira vez consecutiva de um automóvel modelo 504 no Rally Internacional de Safári da África Oriental. Naqueles tempos, tanto fazia levar seu filho de carro para a escola quanto deixá-lo esperando pelo ônibus escolar (Rose gostava de dirigir e se recusava a ter um motorista, mesmo quando as coisas ficaram ruins). Além do mais, era possível ver mais pássaros de manhã cedo se você estivesse fora de casa, andando por aí, e ela sempre gostou de pássaros. Quando seu marido foi preso pela primeira vez, ela achou que seria melhor que o filho não estivesse por perto. Ele foi mandado para um internato perto de onde os pais dela ainda moravam, na casa onde ela crescera, bem em frente ao décimo terceiro buraco do campo de golfe do Merchants em Morningside, Edimburgo.

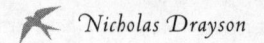

Você imaginou Rose como uma mulher negra? Não, ela é branca. Rose Macdonald, como era seu nome na época, cabelos ruivos e pele clara, fora para o Quênia em 1970. Era para ter sido um passeio de férias, um pacote de viagem da Abercrombie & Kent para fazer um safári na África, presente de seus pais por ter passado no exame da ordem dos advogados. Um glorioso futuro se estendia à sua frente. Ela já havia até assegurado um bom emprego na Harrington, Harrington, McBrace e Harcourt Advogados e Consultoria... Com o tempo, dissera sua mãe, poderia até mesmo se casar com um dos sócios. Quando chegou o momento de Rose voltar para casa a fim de receber o diploma e começar a trabalhar no escritório de advocacia localizado na Princess Street, ela teve dúvidas: não sabia se queria passar o resto da vida lidando com delitos e transferências de títulos de propriedade. Havia também se apaixonado pelo Quênia, especialmente por um habitante da região. Apesar das reações tempestuosas tanto em Morningside quanto no Clube Muthiaga, ela e Joshua Mbikwa, que acabara de terminar o doutorado em antropologia física, apesar de ter paixão por política, casaram-se na Catedral da Sagrada Família em Nairóbi no dia 16 de julho de 1971. Joshua foi eleito para o parlamento em outubro do mesmo ano, e o filho deles, Angus, nasceu no mês seguinte. Joshua Mbikwa foi reeleito em 1977, preso pela primeira vez em 1985 (apenas um aviso, foi o que disseram) e em 1988 sagrou-se como o deputado líder da oposição. Em dezembro do ano seguinte, seria preso novamente, acusado de incitar a rebeldia, e foi condenado e encarcerado. Enquanto passava os dias e as noites fazendo campanha pela libertação do marido e escrevendo cartas para todas as pessoas importantes que conhecia ou das quais conseguia se lembrar, Rose também começou a estudar as plantas e os animais ao seu redor. Saía-se bem em ambas as tarefas. Sua campanha criou uma pressão tão forte no Quênia que, com isso, Joshua Mbikwa foi solto, exonerado e reincorporado ao parlamento, enquanto Rose descobriu-se apaixonada pelos rouxinóis e pássaros tecelões africanos como ela jamais chegara a se arrebatar pelos melros-pretos e pelos sabiás da Escócia.

Quando Joshua morreu, cinco meses depois, naquele misterioso e infeliz acidente com o jatinho, o próprio presidente assegurou a ela que estava tão perturbado quanto imaginava que ela própria estivesse, e insistiu para que lhe telefonasse pessoalmente caso houvesse qualquer coisa que pudesse fazer para que ela retornasse ao Reino Unido o mais tranqüilamente possível. Rose Mbikwa, que agora amava o Quênia com a intensidade com a qual seu marido o amara e que sabia mais sobre as plantas, os animais e os políticos do que a maioria das pessoas que nasceram ali, agradeceu-lhe pela gentileza. No dia seguinte ela foi ao escritório da Sociedade Ornitológica da África Oriental no Museu de Nairóbi e se associou a ela, pagando adiantado por três anos.

Quando chegou o momento de Rose renovar a filiação, Angus já saíra de seu amado internato em Edimburgo para estudar relações internacionais (ambos se divertiram com a idéia) na Universidade de St. Andrews, mas ela continuava morando na mesma casa em Serengeti Gardens, em Hatton Rise, Nairóbi. E desenvolvera um projeto. Não era porque o querido marido estava morto que suas convicções e seu trabalho voltado para fazer do Quênia um país melhor tinham de morrer com ele. Estava ficando claro que o Quênia, abatido pelas rajadas de vento que acompanhavam a globalização e preso às correntes da corrupção interna, precisava de ajuda. Rose conseguia vislumbrar uma luz de otimismo no horizonte. Ela não se referia à lei, mas sim ao turismo. O que as pessoas vinham ver no Quênia? A vida selvagem. Quem estava treinando guias turísticos locais para mostrar a eles a vida selvagem? Ninguém. "Certamente", pensou Rose, "o Museu de Nairóbi podia se envolver nisso". Com sua equipe de curadores, sua coleção e mostras de plantas e animais, terra e paisagem e figuras do presente e do passado, o museu poderia facilmente abrigar um amplo programa de treinamento de guias turísticos.

Rose trabalhou nos bastidores, defendendo a idéia, colhendo opiniões, persuadindo e planejando. Não havia dinheiro, é claro, para um projeto desse porte, mas agora que o filho terminara a formação escolar, ela ficou feliz de poder contribuir com uma parte do que restara de sua pequena herança para colocar o projeto de pé e em andamento. Seu marido, ela tinha certeza, teria feito o mesmo. A extensão de seu sucesso pôde ser medida quando o ministro do Turismo e o ministro da Educação convocaram conjuntamente uma entrevista coletiva para anunciar o programa de treinamento que ela planejara, cada parte parecendo se achar, sozinha, a responsável por todo o projeto.

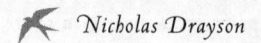

Rose aceitou o cargo de líder e coordenadora do programa, cargo que ela ainda ocupa. Se você for fazer um safári no Quênia hoje, há grandes chances de seu guia ter sido treinado pelo programa (tente reparar se não há um traço de sotaque escocês em sua maneira de falar). Mas Rose ainda ama seus pássaros e, como secretária honorária de expedições da Sociedade Ornitológica da África Oriental, ainda tira folga nas manhãs de terça-feira de seu principal emprego para guiar a caminhada dos pássaros, algo que ela tem feito quase todas as semanas durante os últimos 16 anos. Embora muitos de seus fios de cabelos ruivos tenham agora ficado brancos, seu entusiasmo não se apagou, seu conhecimento é incomparável, e seu carro está agora tão velho e gasto quanto qualquer outro Peugeot 504 em qualquer outro lugar da África.

O senhor Malik, como você já pôde adivinhar, não é nem preto nem branco. É um homem moreno, de 61 anos, baixo, barrigudo e calvo. A maioria dos homens fica careca. Tenha um cromossomo X e outro Y e viva por muito tempo que, em algum momento, você verá seu cabelo afinando, minguando ou simplesmente desaparecendo, e é quase sempre um consolo bem fraco o fato de aqueles fios que se despedem do couro cabeludo parecerem ressurgir revigorados nas narinas e nas orelhas. Então os homens, cedo ou tarde, são obrigados a encarar uma escolha: habituarem-se a isso ou lutarem contra.

O senhor Malik acabara de completar 32 anos quando, numa visita ao barbeiro no salão da Nkomo Avenue que ele freqüentava regularmente para o corte quinzenal — desde bem antes de mudarem o nome da rua, que se chamava King George Street —, foi informado de que estava ficando "com o cabelo levemente ralo no topo". Para um homem orgulhoso de suas mechas viçosas, esta foi uma notícia mais do que desagradável. Seu barbeiro sugeriu que talvez aquele fosse o momento de mudar o estilo do corte.

Deve-se reconhecer que, do ponto de vista estético somente, a sugestão teve o seu mérito. O topete armado com gel Brylcreem que um jovem ousado, como era o senhor Malik, trouxera de Londres no início da década de 1960 pode ter causado uma agradável reação de admiração na Nairóbi que usava o corte de cabelo curto atrás e repartido ao lado naqueles dias, mas já era o ano de 1976. Se o que se desejava criar era uma impressão de homem sério de negócios — o que, àquela altura, era o que o senhor Malik queria —, um topete armado com gel e costeletas de dez centímetros não constituiriam a melhor maneira para conseguir produzir tal resultado.

— Talvez um estilo um pouco mais formal, senhor. Formal, mas não antiquado.

O senhor, cujos cabelos estavam sendo lavados e que agora se encontrava em pleno processo de massagem de seu couro cabeludo, sentia-se ao mesmo tempo feliz e propenso a concordar.

— Você tem algo em mente?

De uma prateleira sobre o lavatório, o barbeiro sacou um de seus muitos fichários de folhas soltas.

— Estou pensando num corte afilado nos lados, mas reto atrás — disse ele, virando as páginas. — Costeletas, se o senhor insiste, mas não maiores do que três centímetros. Algo assim, talvez.

Ele estendeu o fichário na frente de seu cliente, que estava sentado e de roupão. Na página via-se o ator hollywoodiano Rock Hudson numa foto de divulgação de um filme recente. Parecia, pela bandana amarrada no pescoço e pela camisa xadrez, tratar-se de um filme de faroeste. Havia muito que o senhor Malik nutria certa simpatia por Rock Hudson, especialmente nos filmes em que o ator contracenava com Doris Day (e, se simpatizava com Rock Hudson, ficava absolutamente encantado com a divina Miss Day). Olhou atentamente para a fotografia. Rock Hudson estava com um bigode bastante generoso e, a não ser que tivesse uma cabeça muito pequena, suas costeletas eram bem maiores do que três centímetros, mas o visual resultante parecia bastante moderno. Fechando os olhos, o senhor Malik podia até ver um sinal de topete.

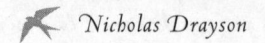

Com a ajuda de pentes e espelhos, o barbeiro demonstrou uma outra vantagem do novo estilo. Se o senhor Malik repartisse o cabelo um pouco mais para a direita, não se veria a parte rala. Ele concordou, e saiu do salão com um novo corte de cabelo e uma confiança primaveril no andar, e o barbeiro ficou com uma gorjeta bastante generosa. Chame isso de coincidência se quiser, mas apenas algumas semanas mais tarde a senhora Malik anunciou que, sete anos e um mês depois do nascimento do filho único deles, estava grávida novamente.

Enquanto sua filha pequena Petula crescia e engordava, as entradas do senhor Malik alargavam e o cabelo ficava cada vez mais ralo. No começo isso não foi um problema. O senhor Malik descobriu que tudo o que tinha a fazer era repartir o cabelo um pouquinho mais para a direita de modo a cobrir a parte rala. Quando o cabelo ficou mais ralo ainda, ele descobriu que um pouco de gel Brylcreem (que tinha sobrado no fundo do armário do banheiro dos tempos do seu topete) ajudava o cabelo a ficar no lugar. Gradualmente, de forma imperceptível, o repartido do cabelo foi descendo e a camada de gel, ficando mais grossa. Agora não havia mais dúvida. O que começara, trinta anos antes, como um penteado à Rock Hudson se transformara num clássico penteado que procura esconder a condição de careca.

A agora crescida e magrela Petula pode debochar dele por causa do penteado, o horrivelmente cabeludo Patel pode fazer maldosas referências, no clube, a certos jogadores de futebol britânicos famosos por terem aderido àquele estilo. O barbeiro poderia sugerir que talvez ele devesse pensar na possibilidade de usar uma peruquinha no alto da cabeça (a esposa dele a essa altura infelizmente já havia falecido, e por isso não dera palpite quanto ao assunto). Mas uma única e grande mudança de estilo no corte de cabelo ao longo da vida de qualquer homem era suficiente. As perucas estavam fora de moda, e ele não passaria de uma careca coberta para uma careca desnuda não importava quanto tempo tivesse que gastar todas as manhãs arrumando cada fio de cabelo, e não importava o quanto o efeito não fosse convincente. Mas é uma verdade pouco apreciada a de que um estilo ruim de cabelo não reflete nem afeta o coração que vai dentro do peito. Paixões ardiam tão fortemente no do senhor Malik quanto nos dos outros homens.

    Pelos últimos três anos, o senhor Malik — embora moreno, baixo, barrigudo e careca — estivera loucamente apaixonado por Rose Mbikwa.

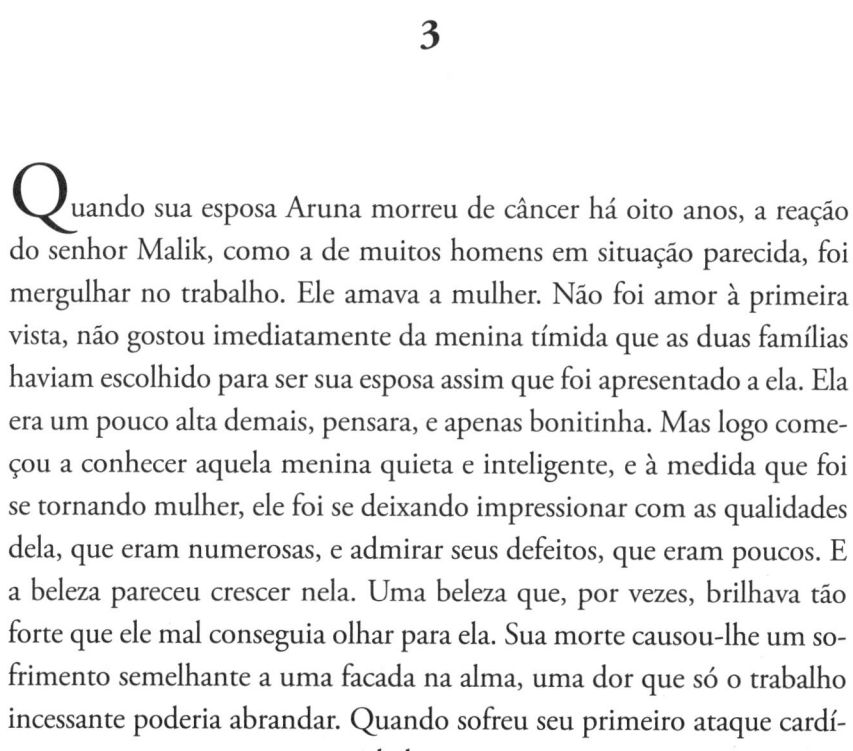

3

Quando sua esposa Aruna morreu de câncer há oito anos, a reação do senhor Malik, como a de muitos homens em situação parecida, foi mergulhar no trabalho. Ele amava a mulher. Não foi amor à primeira vista, não gostou imediatamente da menina tímida que as duas famílias haviam escolhido para ser sua esposa assim que foi apresentado a ela. Ela era um pouco alta demais, pensara, e apenas bonitinha. Mas logo começou a conhecer aquela menina quieta e inteligente, e à medida que foi se tornando mulher, ele foi se deixando impressionar com as qualidades dela, que eram numerosas, e admirar seus defeitos, que eram poucos. E a beleza pareceu crescer nela. Uma beleza que, por vezes, brilhava tão forte que ele mal conseguia olhar para ela. Sua morte causou-lhe um sofrimento semelhante a uma facada na alma, uma dor que só o trabalho incessante poderia abrandar. Quando sofreu seu primeiro ataque cardíaco — exatamente na mesma idade em que seu pai tivera um e morrera —, sua filha Petula fez questão de que ele consultasse um médico.

— E eu estou falando de um da Harley Street, papai, não da Limuru Road.

O senhor Malik não era um homem pobre. A Fábrica de Cigarros Jolly Man fora fundada por seu pai em 1932. Aquela era uma época em que todos pareciam fumar. Estava na moda. Os homens fumavam cachimbo, homens ricos, charutos, e as mulheres, das empregadas domésticas às marquesas, cigarros. Nos filmes, todo mundo fumava, até Rock Hudson (Doris Day talvez não). No Quênia daqueles tempos remotos, cigarros e charutos eram às vezes difíceis de conseguir. "Por que não", pensou o pai do senhor Malik, "comprar tabaco, arrumar alguns equipamentos e começar a fazê-los ele próprio?" A Fábrica de Cigarros Jolly Man, com seu logo exibindo a foto de um homem negro sorridente, usando cartola e fraque, e fumando um charuto, foi um sucesso imediato.

Daí veio a Segunda Guerra Mundial. Submarinos alemães patrulharam o oceano Atlântico, e os suprimentos de tabaco que vinham dos Estados Unidos e do oeste das Índias para a Inglaterra escassearam. O Quênia fazia parte do império britânico e o tabaco queniano foi requisitado pelos fabricantes britânicos. A produção da fábrica Jolly Man foi quase reduzida a zero. Assim que a guerra terminou, as grandes companhias internacionais entraram com seus Navy Cuts, Pall Malls e Lucky Strikes. A fábrica Jolly Man, com seu equipamento velho e ineficiente, não pôde enfrentar a competição. Tudo parecia ir mal. Mas, durante a guerra, os charutos Jolly Man tinham se tornado os favoritos de Mikael Oncratoff, o cônsul russo (todos sabiam que ele era, na verdade, um espião, mas dava festas maravilhosas). Quando a guerra terminou, ele começou a enviar caixas de charutos quenianos para seus familiares e amigos no leste europeu. Por serem melhores do que o produto local e mais baratos do que os cubanos, a demanda pelos charutos quenianos aumentou consideravelmente. A popularidade deles cresceu tanto atrás da recém-esquecida Cortina de Ferro que o cônsul abordou o senhor Malik pai — talvez estivesse precisando de um representante para exportação. Em 1960, Mikael Oncratoff já tinha uma bela casa nas margens do lago. Enquanto selecionava camaradas de Gdansk e Stalingrado para Sofia e para o mar Negro, encomendava charutos Jolly Man. E o pai do senhor Malik, para dar vazão à demanda, empregou trezentos trabalhadores em sua fábrica em Nairóbi. Em 1964, teve um ataque cardíaco.

Nessa ocasião, o senhor Malik já havia saído da escola e fora mandado para Londres, para estudar na London School of Economics. Embora economia não o interessasse nem um pouco (a idéia de mandá-lo para a faculdade de economia fora de seu pai), ele se apaixonou por Londres. Encontrou lugar para morar no bairro de Clerkenwell e, sob aquele céu cinzento do Norte, amadureceu como nunca lhe acontecera sob o sol quente do equador. Adorava os pubs, as ruas, as mulheres, a liberdade, tudo o que envolvia a vida de estudante. Começou a escrever alguns artigos sobre política estudantil para o jornal discente da universidade de Londres (que naquela ocasião ainda se chamava *The Ferret*), e se empolgou tanto com a vocação para o jornalismo que descobriu ter que, freqüentemente, depois das aulas, chegava a ir a pé para casa pela Fleet Street só para dar uma espiada numa verdadeira redação de jornal e sentir de leve o cheiro de tinta de impressora. Talvez, quando terminasse o curso de economia, viesse a se tornar jornalista. Mas então um telegrama chegou. Como filho mais velho e responsável que era, desistiu de tudo isso, voltou para casa para o enterro e assumiu sua responsabilidade como proprietário relutante e gerente administrativo da Fábrica de Cigarros Jolly Man.

Levando-se em conta que sempre cuidou bem de seus empregados e que a fábrica deu lucros, o senhor Malik era um bom homem de negócios. Levando-se em conta que não conseguia parar de se preocupar com os negócios todos os dias, todas as noites e a todo instante, ele era um mau homem de negócios. Quando não se preocupava com os negócios, o fazia com a filha Petula. A menina também fora mandada para estudar fora do país e retornara para casa em 2001 com um diploma de mestrado em administração, curso feito em Nova York, mas sem marido. Estava agora com 29 anos, ainda solteira e morando com os pais. Isso era o suficiente para preocupar qualquer pai. Ao menos se ela não cortasse o cabelo tão curto e usasse ocasionalmente um belo sári em vez daqueles jeans largos... "Não é jeans, papai, é denim", disse ela, mas para ele pareciam calças jeans. Ele tinha que admitir, no entanto, que Petula lhe dava uma grande ajuda na administração dos negócios.

— Marquei uma consulta para o senhor em Londres com Sir Horatio Redmond — disse a ele. — Não se preocupe, papai, vou manter as coisas andando por aqui enquanto o senhor estiver fora.

O que Sir Horatio, olhando fixo, além dos telhados sob o céu cinzento de Marylebone, em direção às árvores nuas do Regent's Park, disse ao seu novo paciente foi o seguinte:

— O senhor precisa de um hobby. Algo que tire sua cabeça do trabalho. É o estresse que lhe está causando isso, sabe?

O famoso cardiologista saboreou a palavra "estresse". Até o ano anterior ele teria dito apenas "está trabalhando demais", ainda não estava certo de que a nova palavra seria mais adequada aos consultórios médicos localizados em Harley Street, mas parecia que todos estavam usando agora "estresse", e estar em dia com a evolução das coisas era uma boa prática. Os pacientes esperavam isso dos médicos.

Um enorme pássaro cinza passou voando através da penumbra em direção ao parque. Maldita garça. Que diabos estava fazendo aqui? Praga assassina de trutas. O médico se virou de costas para a janela com o cenho franzido. "Será que havia trutas na Índia", pensou enquanto olhava o paciente de pele escura abotoar o último botão da camisa e apanhar sua gravata borboleta. Não, na África, não era África? Ele ainda se recordava de trechos da palestra sobre doenças tropicais que dera no St. Bartholomew's Hospital. Mosquitos e malária, mosca-negra e a doença de Ross River, mosca tsé-tsé e a doença do sono — sim, havia muitos insetos na África. Mas será que lá havia mosca de pesca e zangões, saltões e junças? Será que onde aquele sujeito vivia as terras altas das montanhas africanas haviam tombado e traçaram lentamente riachos sinuosos através de prados suaves?

— Eu pesco por hobby — disse o médico, assumindo novamente o comportamento que sua formação acadêmica e o preço do seu aluguel permitiam. — Mas, para você, acho que pássaros são uma boa opção.

O senhor Malik, cuja residência em Londres na década de 1960 coincidiu com o breve e maravilhoso surgimento da expressão "dolly bird", "passarinha", gíria para mulheres bonitas, ficou encucado. Será que aquele homem estava sugerindo que ele arrumasse outra mulher? Ou talvez que procurasse se revitalizar com a ajuda de prostitutas?

— Pardais, digamos — retomou Sir Horatio. — Um conhecido meu costumava se sentar por horas para observar pardais. Muito tranqüilizador, me disse ele. Pardais voando, pardais saltitando, pardais se alimentando, pardais se aninhando. Existem pardais em...

— No Quênia.

— Exato.

— Existem sim.

— Ótimo. É isso, então. Ah, e tome uma destas pílulas verdes três vezes ao dia antes das refeições.

O senhor Malik respirou aliviado. Ornitologia seria bem mais fácil, e bem menos estressante, do que mulheres. No caminho de volta para Nairóbi, comprou um par de binóculos 8x50 da marca Bausch & Lomb no *duty free* do aeroporto de Londres, Heathrow. Ficou surpreso ao descobrir que durante sua ausência os negócios pareciam ter caminhado muito bem.

Na terça-feira seguinte começou a se familiarizar com os pássaros da África Oriental, e com Rose Mbikwa.

4

Quando o senhor Malik chegou ao MEATI, quase todos os outros já estavam lá e inspecionavam os arbustos em busca de pássaros. O homem de óculos escuros e braceletes de ouro (e também uma corrente de ouro pendurada no pescoço, percebia agora o senhor Malik) estava de pé ao lado dos turistas. Estava apontando para uma árvore, mas interrompeu o que dizia quando o senhor Malik saiu do carro.

— Olá, Malik, é você?

E aquilo tudo voltou a inundá-lo. Harry Khan.

Como um inválido durante um longo período de recuperação pode quase chegar a esquecer a doença até ela retornar, assim foi com o senhor Malik e Harry Khan. O senhor Malik estava com 11 anos quando foi ridicularizado pela primeira vez. Era aluno novo da Eastland High School, um interno. E Harry Khan também. Foram colocados na mesma turma e esperava-se que os dois alunos novos (chamados de "insetos novos" num eco tênue do linguajar característico de uma escola pública inglesa) ficassem amigos. Não ficaram. O senhor Malik, ou simplesmente Malik, como era chamado tanto pelos colegas quanto pelos professores, era um menino tímido e estudioso. Harry Khan era... bem, como posso explicar? Ele falava alto, mas não de um jeito desagradável. Era insolente, mas não de um jeito rude. Era bem-humorado, mas não contava piadas ofensivas. Era inteligente sem que parecesse fazer grande esforço; ele fez amigos com facilidade e tinha agilidade nos pés para jogar rugby e uma autêntica habilidade com uma bola e um taco de críquete. Foi Harry Khan quem surrupiou a torradeira e a levou para o dormitório, era ele que tinha um rádio embaixo do colchão para sintonizar na estação BBC World Service e ouvir o programa *The Goon Show* aos sábados à noite, era ele quem apresentava aos alunos mais jovens (e a alguns mais velhos) outros prazeres da noite. Ele até dançava rock-'n'-roll. Todas essas coisas fizeram dele um garoto popular entre os meninos, mas, durante os sete anos seguintes, conseguiu arruinar a vida do senhor Malik. Pois Harry Khan era um provocador, um palhaço, e todo zombador precisa de alguém para zombar. A coisa começou logo na primeira manhã.

Agora é preciso dizer que Harry Khan, mesmo que você pergunte a ele hoje em dia, ainda alegará que não foi culpa sua. Parece que o que aconteceu foi o seguinte: depois de sobreviverem à primeira noite no dormitório escolar, os dois meninos estavam lavando o rosto e escovando os dentes antes do café da manhã. A mãe do senhor Malik colocara na mala estilo baú do filho todas as coisas que estavam na lista que ela recebera da supervisora da escola, inclusive um belo estojo da BOAC, com zíper novinho em folha, que também continha tudo o que a lista requisitava que estivesse lá. Deveria haver no estojo uma habitual toalha de rosto ("claramente etiquetada com o sobrenome do menino"), um pente, um tubo de pasta e uma escova de dentes. O único detalhe era que sua mãe se esquecera da pasta de dentes. O senhor Malik dera pela falta dela na noite anterior, mas ficara tímido demais para dizer à supervisora ou a algum dos meninos. Simplesmente fingiu que havia pasta na escova e rezou para que ninguém percebesse. Naquela manhã, ele estava se sentindo um pouco mais corajoso. Pediria àquele outro aluno novo, Khan, para usar um pouco a dele.

— Fique à vontade, cara, está na bolsa.

Então Malik apanhara o tubo no estojo de Khan, um bem legal com tecido de cetim da Pan Am, colocou um pouco da pasta na escova e começou a escovar os caninos. Hum, pasta de dentes estranha, não é de menta. Continuou a escovação. Dá uma sensação esquisita também. Não faz espuma, é sebosa. No segundo seguinte, o senhor Malik estava debruçado na pia com a boca queimando, cuspindo tudo o que podia. Harry Khan, que pegara o tubo e vira que não era pasta de dentes e sim a pomada que ele estava usando três vezes ao dia entre os dedos do pé para curar uma micose, também se debruçara sobre a pia, não de dor, mas de tanto rir. Isso chamou a atenção de todos os outros meninos e a gargalhada foi geral. Gargalhada que chamou a atenção da supervisora, que arrastou o pobre Malik para a enfermaria, onde lhe fizeram uma lavagem bucal com antisséptico cirúrgico e uma dose generosa de ipecacuanha por precaução.

Agora, Harry Khan sabia ou não sabia? Jurou para a supervisora e para todo o dormitório que não sabia. Mas não adiantou, pois todos os meninos estavam certos de que ele sabia, sim, e acharam que tinha sido uma grande piada.

Depois teve a partida de críquete da escola. Embora o senhor Malik sempre tivesse gostado muito de críquete, não jogava nada. Simplesmente parecia não ter sido feito para aquilo. Como ele mesmo admitira para Khan, um taco de críquete em suas mãos parecia ganhar vida própria, uma vida dedicada a perder a bola, a bater nas varetas ou a bater nele mesmo. Quando o senhor Malik lançava uma bola, já tinha percebido, era como se uma garota tivesse lançado. Se ele pudesse ter uma posição favorita no campo de críquete, seria a de sentado nas escadas do estádio com um cartão para registro dos resultados sobre os joelhos. Ele era bom nisso. Todas aquelas linhas azuis-claras bonitas e certinhas, aqueles pontos para *runs* e símbolos bacanas para *bye*, *wide* e *not out*. Então ficou bastante surpreso quando, três semanas após o início das aulas, viu seu nome escalado no quadro de avisos informando sobre o jogo de críquete da escola. Depois de dois dias de agonia, finalmente criou coragem para perguntar ao capitão do time sobre a sua escalação.

— Ah, sim. Ouvi falar de você, Malik. Grande jogador na sua antiga escola. Estou feliz de tê-lo conosco.

— Não, capitão, eu...

— Deixe disso, Malik, não precisa de falsa modéstia. Khan me contou tudo sobre você. É exatamente o que estamos precisando.

— Mas eu...

— Escute, não se preocupe, rapaz. Sei que estamos todos um pouco fora de forma depois das férias. Apareça no campo depois dos deveres de casa e vamos ver do que você é capaz.

Ele quis assegurar a Malik, na tarde seguinte ao treino, que o capitão da casa não estava zangado. É, não estava zangado, estava apenas muito, muito decepcionado. Havia uma única maneira de ser um bom jogador de críquete, e ela não envolvia se gabar, mentir ou fingir. Essa maneira era treinar. Mas ele não estava zangado mesmo, e queria que Malik compreendesse seu período de uma semana de detenção dupla não como um castigo, mas como uma lição. Faria isso, não faria? Malik disse que faria. Considerando a situação, achou que seria melhor não perguntar se ele poderia ser o marcador dos resultados do jogo.

E por fim houve o apelido. Harry Khan era ótimo para inventar apelidos. Antes de terminar seu primeiro semestre na escola, todos os professores já tinham recebido novos apelidos, nomes inteligentes e que pegaram. Senhor Gopal, antes conhecido tanto pelos alunos quanto pelos professores como diretor Gopal, passou a ser chamado de O Gop, algo especialmente engraçado se você soubesse falar suaíli.

Prakesh Kahdka, que desde a infância era alto e magro e conhecido como Garça, passou a ser chamado, por obra e arte de Harry Khan, de O Caçador, e acabou virando uma brincadeira boba a de sair correndo e gritando "Cuidado! É o Caçador!" quando ele aparecia, brincadeira esta que magoava profundamente o pobre Prakesh, um sujeito de alma bondosa e amiga. Quanto ao senhor Malik, passou a ser chamado de Jack.

Vocês podem achar que Jack é um apelido inofensivo, que não tem nenhum duplo sentido evidente nem rima com nenhuma outra palavra de conotação cômica ou escatológica. Até para falantes fluentes de suaíli, o apelido não parecia conter nenhum significado oculto. Mas tinha, e durante aqueles longos anos na escola o senhor Malik aprendeu a detestar seu apelido e grande parte do prazer de sair da escola para ir para a faculdade em Londres foi poder deixar a alcunha para trás. Quando voltou ao Quênia dois anos depois, ficou aliviado ao descobrir que não só Harry Khan deixara Nairóbi, como o odiado apelido parecia ter ido embora com ele.

Agora Harry Khan estava de volta.

5

— Olá, Malik, é você *mesmo*? Quanto tempo. Quaaanto tempo.

O senhor Malik, sem saber ao certo o que fazer, sorriu.

— Eu deveria ter adivinhado... Ainda é o lanterninha na corrida. Não me diga que foi pelo caminho mais agradável?

O caminho que o senhor Malik tomara para chegar ao MEATI fora tudo menos agradável. Um matatu, táxi lotação, capotado no meio da Langata Road fora o culpado pelo seu atraso.

Harry virou-se para os turistas e perguntou:

— E aí, pessoal, Harry estava certo ou estava certo? O melhor caminho é a Valley Road. Malik, cara, você perdeu um dos bons.

— Qual foi mesmo, Harry? — perguntou um dos turistas, o barbado.

— Qual foi, Rose? — indagou Harry.

Rose Mbikwa virou-se para eles.

— Um bispo-de-testa-preta, senhor Malik — respondeu ela, com o sotaque de que o senhor Malik tanto gostava. O modo como ela enrolava levemente o "r" em "preta" o fez tremer dos pés a cabeça. — Um macho. Magnífico. Pena o senhor ter perdido.

— É verdade — disse Harry —, era uma beleza.

O senhor Malik sorriu mais uma vez. Há muito tempo ansiava por ver o pequeno tentilhão de cores inacreditáveis que se chamava bispo-de-testa-preta. Bom, não foi dessa vez. Pelo menos Harry Khan parecia ter se esquecido do apelido "Jack".

O Modern East African Tourist Inn é famoso em Nairóbi por ser *o* lugar onde se encontram exemplares da fauna local. Onde mais na África — onde mais no mundo? — podem-se ver dez espécies de caça rugindo livremente à tarde e comer parte deles na mesma noite? Girafas, zebras, dois ou três tipos de antílopes, gnus, búfalos, crocodilos, avestruzes, galinhas-d'angola, patos-pretos-africanos, estão todos no cardápio. Não há muitos nativos comendo lá. Embora a maioria dos quenianos adore carne, poucos podem pagar sessenta dólares por apenas um jantar e, de todo modo, comida de caça não é muito bem aceita. Galinha, cabra e carne de boi, esses são os pratos populares. No entanto, qualquer um poderá indicar como chegar ao MEATI, margeando a Ngong Road, logo depois de passar pelo antigo aeródromo.

Mas as vinte ou trinta pessoas reunidas do lado de fora desse restaurante turístico nos arredores da cidade não estavam ali pela comida. Estavam ali porque esta é uma dessas áreas de transição entre as florestas e as campinas que os pássaros adoram. Os poucos acres de terra abandonada entre o restaurante e os quartéis do Primeiro e do Segundo Batalhões Quenianos da Brigada de Artilharia, que ficam logo adiante na estrada, foram rodeados de cercas das quais não se pode aproximar, e, ao longo dos anos, muito lixo tem sido jogado ali. E não é só isso; há também grandes buracos, geralmente com água empoçada, denunciando que alguma outra coisa foi removida dali, talvez laterita ou até argila. Grande parte da área é coberta por um gramado em que predominam ervas daninhas e acácias, embora apenas pouco mais de uma dezena dessas árvores grandes de algum modo tenha sobrevivido aos lenhadores. O local é levemente inclinado e, se é verdade que se você olhar para o Sul verá os gramados cobertos por erva daninha do Parque Nacional de Nairóbi, é também verdade que se você olhar para o Norte terá uma vista magnífica das favelas Kibera. Mas isso não consta dos folhetos turísticos, evidentemente. A voz de Rose Mbikwa corta novamente as diversas conversas que haviam se iniciado entre o grupo.

— Ah, sim. Obrigada, Matthew. Pairando sobre nós, todos vocês provavelmente já viram o par de gaviões-jackal, e, como podem observar, um pertence à fase clara e o outro, à escura. Minha nossa, aquele é um beija-flor de cabeça azul?

Todos os olhares se voltaram para um belíssimo pássaro sugando o néctar de uma flor de laranjeira.

— Acho que é verde, Rose — disse Hilary Fotherington-Thomas, abaixando o binóculo.

— Isso, isso — disse Rose. — Um beija-flor de cabeça verde. Claro que seria muito raro ver um beija-flor de cabeça azul tão a leste. E aqui deste lado vemos um pássaro-tecelão-baglafecht. — E repetiu o nome: — Pássaro-tecelão-bag-la-fecht. Lindo.

— É — disse Harry Khan —, quase tão lindo quanto você, Rose querida.

— "Rose querida"? — inquiriu-se o senhor Malik, levantando a xícara de Nescafé da mesa na varanda e tomando um gole lentamente. — *Rose querida?*

Quase 48 horas já haviam se passado desde aquela caminhada dos pássaros, 48 horas nas quais ele não conseguira tirar aquelas duas palavras da cabeça. O senhor Malik suspirou e apoiou a xícara na mesa. Suspirou novamente, fez uma pequena pausa, apanhou um caderninho e um lápis que estavam ao lado das duas bananas que sempre comia no café da manhã, e que ainda não haviam sido tocadas. Era o caderno que ele usava para tudo, identificado na capa da frente não pelo seu nome, mas por um esboço de uma águia-preta feito com caneta esferográfica. Inclinou-se e fez uma marca na página recém-aberta. Aquela era a sexta daquela manhã. Um barulho familiar o fez erguer os olhos. De trás de sua banksia de flores amarelas (sua rosa favorita), no canto do bangalô surgiu uma pequena figura andando para trás, varrendo sem parar.

— Ah, Benjamin — disse o senhor Malik, sorrindo por conta de uma idéia súbita. — Benjamin, tenho um trabalho para você.

Benjamin, que morava no número 12 da Garden Lane, já tinha, é claro, o seu trabalho e estava satisfeito com ele. Um trabalho de *shamba boy*, de garoto de fazenda. Ele varria o gramado e as trilhas. Toda manhã cortava alguns galhos de qualquer árvore ou arbusto que considerava precisarem mesmo ser podados, amarrava-os ao cabo da vassoura com fios de sisal, e passava o resto do dia gastando-os na grama ou no concreto. Uma vez por mês subia numa escada até o telhado e varria as calhas. Tudo o que varria levava para fora e queimava numa fogueira nas margens da estrada. Todas as ruas residenciais de Nairóbi possuem uma fileira de pequenas fogueiras, cobertas com todas as folhas que caem das árvores e outras sujeiras. O cheiro de Nairóbi é o cheiro de pequenas fogueiras.

O senhor Malik mostrou a ele seu caderninho. No alto da primeira página, Benjamin pôde ver uma fileira de tracinhos desenhados.

— Estou fazendo um levantamento — disse o senhor Malik, levando o Nescafé aos lábios para mais um gole de inspiração. — Um levantamento de pássaros. — E então apoiou a xícara na mesa. — Gostaria muito de contar com a sua ajuda. Vou ficar trabalhando em casa hoje. Quero que você fique por aqui comigo, não precisa varrer. Seu trabalho será o de fazer uma marca neste papel com este lápis todas as vezes em que eu disser a palavra "hadada". Está vendo? Já ouvi, deixe-me ver, seis hadadas esta manhã.

Benjamin encostou a vassoura na parede, pegou o caderno e contou as marcas uniformemente espaçadas ao longo da primeira linha do papel. O senhor Malik inclinou-se para frente.

— Hadada — disse e, depois de uma pequena pausa: — Foram dois. Marque aí.

Benjamin fez dois tracinhos no papel. O senhor Malik conferiu, assentiu e sorriu em sinal de aprovação.

Assim como Benjamin, vocês também devem estar se perguntando que maluquice era aquela. Em primeiro lugar, talvez não saibam que hadada é uma espécie de íbis, um grande pássaro marrom com pernas longas, bico longo e curvo e voz alta. Hadadas se abrigam em grande número entre as árvores das áreas mais frondosas de Nairóbi, e o berro que lhe dá o nome é um dos elementos que mais prevalecem no coro matinal daquela parte do mundo, embora ele possa ser ouvido a qualquer hora do dia. O senhor Malik, contudo, não está contando hadadas de fato. Ele não está realmente fazendo um levantamento de pássaros. O senhor Malik está mentindo.

E aqui temos um pequeno enigma: o senhor Malik está mentindo porque é o homem mais honesto do Clube Asadi.

Caimão - comum

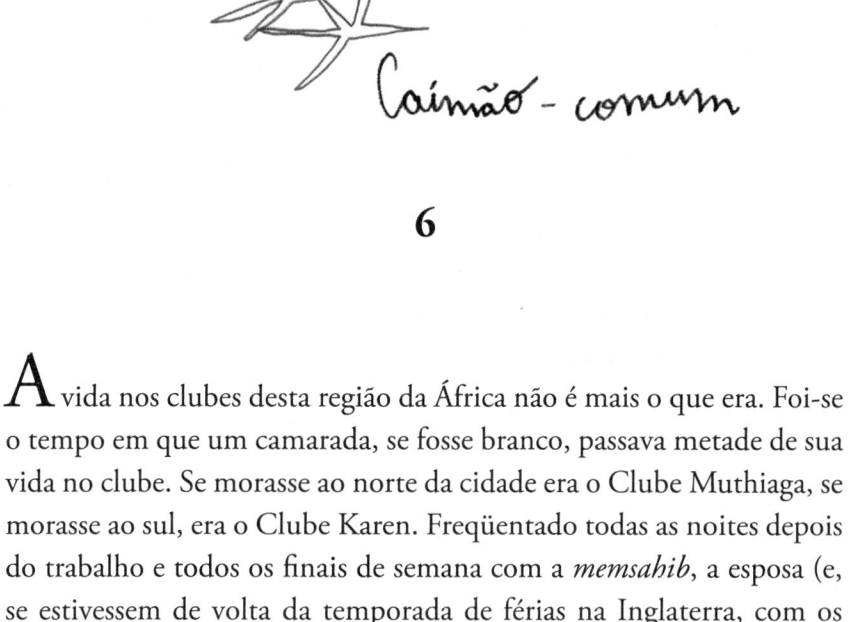

6

A vida nos clubes desta região da África não é mais o que era. Foi-se o tempo em que um camarada, se fosse branco, passava metade de sua vida no clube. Se morasse ao norte da cidade era o Clube Muthiaga, se morasse ao sul, era o Clube Karen. Freqüentado todas as noites depois do trabalho e todos os finais de semana com a *memsahib*, a esposa (e, se estivessem de volta da temporada de férias na Inglaterra, com os filhos), o clube era como uma segunda casa. Mas não há mais tantos sujeitos brancos na África como antes — provavelmente até menos *memsahibs* ainda — e embora qualquer um, branco ou negro, possa ser sócio do Muthiaga ou do Karen hoje em dia (bem, não *qualquer um*, vocês sabem o que quero dizer), os velhos clubes não são mais o que eram.

Porque os negócios não são mais fechados neles. Eles agora são feitos em um edifício branco anônimo com janelas de vidro escuro onde dois homens fortes vestidos em uniformes apertados e com óculos escuros ficam de pé na frente da porta assentindo discretamente para os poucos seletos que eles sabem ter permissão para entrar e ignorando todos os outros. Quem são os que eles deixam entrar? Os muito ricos, muito poderosos ou muito bonitos. Então como é que fica o Clube Asadi? Muito bem, obrigado.

Pois o Clube Asadi é o lugar que um sujeito freqüenta se não é branco nem preto, mas sim pardo, é o clube que os homens pardos têm freqüentado desde o início, desde quando vieram da Índia para a África a fim de ajudar os homens brancos a construirem suas estradas de ferro e posteriormente uma colônia. É para lá que eles continuam indo. O Clube Asadi, fundado em 1903 com o lema *Spero meliora*, que as coisas melhorem, está prosperando. Em qualquer noite da semana você verá seu estacionamento repleto de novíssimos Mercedes e BMWs. No feltro verde das quatro mesas de bilhar (o Muthiaga agora só tem duas, infelizmente), bolas brancas e vermelhas rolam de um lado para outro, e copos vazios são trocados por cheios em tempo recorde pelos atendentes. O avô do senhor Malik foi um dos fundadores do clube, o pai foi secretário por quase quarenta anos e, desde que a esposa do senhor Malik morreu, o clube se tornara para ele uma segunda casa. É onde se trocam fofocas e novidades, e foi para onde, tendo passado o dia depois da caminhada dos pássaros tentando tirar todos os pensamentos a respeito de Harry Khan da cabeça e de ter falhado inteiramente nesse propósito, ele se dirigiu naquela noite, a fim de descobrir tudo o que podia sobre aquele homem. Patel saberia, ou Gopez. E sabiam, mas, ao descobrir o que queria mesmo saber, acabou também se enrolando em toda esta história do "hadada".

— Podre — disse o senhor Gopez.

O senhor Malik, com um copo suado de cerveja Tusker gelada na mão, sentou-se na cadeira vazia ao lado dele e pegou a tigela de pipocas apimentadas.

— Tremendo disparate.

Ele viu o senhor Gopez lendo o *Evening News*.

— Palavras fortes, A.B., palavras fortes —, murmurou o senhor Patel do outro lado da mesa.

— Não mesmo — disse enfático o senhor Gopez, batendo com o jornal na mesa e apanhando o copo. — Sabe de onde eles tiram essas coisas?

O senhor Patel sorriu. Teve a deliciosa sensação de que uma discussão estava para acontecer. Seria sobre algo que o presidente dissera (sempre disparates), algo que o redator-chefe teria escrito (quase sempre disparates) ou alguma matéria do noticiário internacional (geralmente algo ligado à família real britânica e geralmente disparates)? Ou, como era quarta-feira, seria algo que aquele cara teria escrito na coluna "Pássaros do mesmo ninho" (ocasionalmente disparates, mas isso era raro)? Ele apanhou o jornal largado pelo outro e seus olhos se fixaram numa pequena matéria no rodapé. Leu ali que cientistas dinamarqueses pesquisando o sistema digestório descobrem que o ser humano libera gases 123 vezes por dia.

— Entende o que quero dizer? — indagou o senhor Gopez. — Disparate. Totalmente absurdo. Ninguém peidaria tanto assim, nem mesmo depois de comer um *dahl* preparado pela minha sogra.

— Ah — disse o senhor Patel —, não sei, não.

Ao longo dos muitos anos de convívio com o senhor A.B. Gopez, o senhor Patel descobrira que essas três simples palavrinhas eram um método certeiro para iniciar uma discussão. Sentindo algo próximo do que deve sentir um pedaço de queijo numa ratoeira ao ouvir o ruído distante do roedor, ele esperou pelas duas palavras seguintes do amigo.

— Não sabe? — disse, arqueando as sobrancelhas grossas. — Não sabe? Isso não faz nenhum sentido. Mais de cem peidos, isso equivale a mais do que o volume inteiro do corpo humano. No final do dia, você se pareceria com um pastel, uma samosa chupada. Não acha, Malik?

É preciso observar que o senhor Malik estava agora no seu segundo copo de Tusker e isso o deixava mais propenso à ousadia. O que ele deveria ter dito era "Humm". No entanto, o que ele disse foi "Humm?".

— O que quer dizer com "humm?"?

— Quero dizer que pode não ser exatamente assim, A.B. Um peido, no meu entendimento, é produzido, e não simplesmente armazenado.

— Exatamente! — disse o senhor Patel. — É aí que eu queria chegar. E quem pode dizer qual é o tamanho deste peido dinamarquês, hein? Estamos falando de um pequeno e delicado pum escandinavo ou de um provocado por uma torta de framboesa inteira?

— Estamos falando de peidos dinamarqueses padrão, e mais de cem desses por dia, e eu digo que isso é um disparate. Total absurdo.

Este era o momento pelo qual o senhor Patel estivera esperando.

— E eu digo que não é.

O senhor Gopez apoiou o copo na mesa. Fez uma pausa depois de lançar um olhar de cumplicidade para o senhor Malik, sugerindo que o amigo deles era no mínimo um tolo, ou, no pior dos casos, um idiota. Tentaria agora uma abordagem conciliatória.

— Pense um pouco, Patel, velho amigo. Use a cabeça. Um dia, 24 horas. Sendo 123 peidos, isso dá mais do que cinco peidos por hora, mais de um a cada 12 minutos. Impossível. É como eu disse, simplesmente uma questão de bom senso.

— Para ser exato, um a cada 11 minutos e 49 segundos, A.B. Mas não acho que o bom senso tenha muito a ver com isso, não concorda, Malik? Em casos como este, a abordagem lógica deve certamente dar lugar à abordagem empírica.

O senhor Malik não disse nada. Se ele se mantivesse calado, ainda haveria uma chance.

— Então, você vai contar seus peidos agora, é isso? — indagou Gopez, com a sobrancelha arqueada e o cenho franzido. — E aí, espera que eu acredite em você? Me diga, então, como vai contar seus peidos quando estiver dormindo?

— Ah — disse o senhor Patel, fazendo uma pausa. — Percebo aonde você quer chegar, A.B. É, você realmente tem razão — disse ele fazendo uma nova pausa, como se estivesse imerso em seus pensamentos. — Já sei — concluiu —, vamos perguntar ao Tiger.

"Ah, não", pensou o senhor Malik, "o Tiger, não".

"Tiger" Singh, campeão de bilhar do clube, campeão de sinuca, campeão de uíste, campeão de badminton por 11 anos seguidos, até quando seus joelhos agüentaram; era a autoridade em todos os assuntos ligados a esporte. E no Clube Asadi, isso também incluía todas as questões que envolviam apostas, tanto as oficiais quanto as não oficiais. Quando havia dinheiro envolvido na disputa se podia confiar em Tiger para calcular as probabilidades, administrar o dinheiro das apostas, e comprar cervejas de todos os tipos com os lucros obtidos pelas suas atividades, que sempre pareceram lucrativas. Fora do clube, ele se sustentava trabalhando como advogado. Chamado da mesa de bilhar onde estava para ouvir o caso, Tiger primeiro escutou, depois falou.

— Bem, cavalheiros, *amoto quaeramus seria ludo*, deixemos de brincadeiras e tratemos de coisas sérias, concordam? Duas questões de imediato vêm à mente. Em primeiro lugar, como os colegas dinamarqueses fizeram a pesquisa? Em segundo lugar, quanto se está apostando?

— Quanto à primeira pergunta — disse o senhor Gopez, empurrando o jornal na direção dele —, não faço a menor idéia. Veja você mesmo. Quanto à segunda — prosseguiu, tirando a carteira do bolso —, que tal dez mil?

"Isso está ficando ridículo", pensou o senhor Malik.

O senhor Patel também tirou sua carteira do bolso.

— Dez mil, está fechado.

Tiger levantou as mãos.

— Opa, opa, opa, companheiros, podem ir parando. Guardem as carteiras. — Finalmente alguém estava fazendo algo sensato. — Antes mesmo de pensarmos em fazer as apostas precisamos decidir exatamente no que estamos apostando. Então, A.B., no que exatamente você quer apostar seus dez mil xelins?

— Deixe-me ver... Eu aposto que estes camaradas dinamarqueses estão falando com base nas... nas agitadas bundas deles. Nenhuma pessoa normal solta gases mais do que cem vezes por dia.

— E eu digo que soltam — retrucou o senhor Patel.

— Aí está, simples.

— Humm, não, veja bem, A.B., não é nada simples — disse Tiger. — Evidentemente, esta alegação, esta hipótese, precisa ser testada.

Mas pondo de lado, por um instante, o problema de como contamos os já citados peidos, alguma espécie de medidor dinamarquês moderno de peidos ou o quê?, há o problema da definição. Qual a exata definição de peido? *Communi consilio*, como dizemos em direito. Temos que chegar a um acordo, não temos? — Sem esperar por uma resposta (por acaso mencionei que ele era advogado?), Tiger continuou: — E o que é ainda mais importante, como vamos conferir o resultado? Quem vai aceitar a palavra de quem no final das contas? Compreendem o que estou dizendo?

Três pares de sobrancelhas se franziram, três lábios se apertaram.

— Se pelo menos tivéssemos algum tipo de opinião imparcial... — murmurou Tiger.

Três pares de olhos castanhos se transformaram num só olhar, ao se direcionar para o senhor Malik.

7

— Hadada.

Benjamin fez obedientemente um outro tracinho no papel. O senhor Malik, o nobre senhor Malik, o honesto senhor Malik naturalmente se recusara a fazer parte da aposta furada.

— Mas é a única saída — disse Tiger.
— Não — replicou o senhor Malik.
— Você é o único homem — insistiu o senhor Patel.
— Não — repetiu o senhor Malik.
— Malik, *clarum et venerabile nomen*, um nome ilustre e venerável.
— Um lema... — disse o senhor Gopez
— Um provérbio...
— Pela honestidade...
— Pela integridade.
— Não confiaríamos isso a mais ninguém.
— Não poderíamos confiar isso a mais ninguém.
— Não — disse o senhor Malik.
— Pela honra ao clube, meu velho — disse Tiger Singh.

E isto foi o que o convenceu, é o que dizem. Nunca um Malik se esquivou de suas responsabilidades com o Clube Asadi. Nunca um Malik decepcionou seu grupo.

— Então tá, droga — disse.

Durante mais uma rodada de cerveja Tusker (cortesia do Tiger, o bom e velho Tiger), as regras foram estabelecidas, anotadas, testemunhadas e assinadas. O senhor Malik assumiria, segundo o método por ele escolhido, a responsabilidade de registrar o número de emissões gasosas (daqui por diante chamadas de peidos) liberadas pelo seu orifício anal durante um período de 12 horas, das 7h às 19h do dia seguinte. O julgamento do senhor Malik no que diz respeito ao que constitui um verdadeiro peido seria aceito por todas as partes e nada poderia ser estabelecido em contrário. Tendo sido acordado por todas as partes a impossibilidade de contar peidos durante o sono, o número de peidos deste período de 12 horas seria considerado e aceito por todas as partes como a metade do número total de peidos expelido durante um período de 24 horas. O senhor Malik entregaria seu relatório ao Clube Asadi às 20h do dia seguinte. Se o número de peidos registrados durante as 12 horas anteriormente mencionadas equivalesse ou excedesse 51, seria evidenciada como correta a afirmação dos dinamarqueses e o senhor Patel venceria a aposta. Se o número de peidos equivalesse a 50 ou fosse menor que isso, seria evidenciado o equívoco de tal afirmação e o senhor Gopez venceria a aposta. O dinheiro das apostas deveria ser confiado a H. H. Singh, bacharel e mestre em direito pela Universidade de Oxford, advogado-responsável.

A aposta não parecera menos absurda quando o senhor Malik acordou na manhã seguinte, mas não havia jeito, era preciso cumprir o acordo. Pegou sua xícara de Nescafé do outro lado da mesa e disse novamente:

— Hadada.

Benjamin fez seu quarto tracinho da manhã, somando dez no total. "A inspiração súbita de colocar Benjamin para ajudá-lo na empreitada foi uma sacada inteligente", pensou o senhor Malik. Muito mais fácil do que ter de carregar seu caderninho de anotações o tempo todo e registrar os malditos peidos ele mesmo. E o rapaz ia gostar de encostar a vassoura por um tempo. Patel e A.B. haviam mesmo ajudado com todas aquelas coisas sobre Harry Khan. Grande ajuda. Mas antes de descobrirmos o que o senhor Malik passou a saber sobre Harry no Clube Asadi, vamos conhecer Benjamin um pouco melhor.

Benjamin, que tinha 16 anos e nunca fora beijado, trabalhava para o senhor Malik como *shamba boy* havia apenas cinco meses. Adorava o trabalho. Pensão completa, moradia e 350 xelins por mês. Pela primeira vez em toda a vida ele tinha seu próprio quarto, um cômodo tão grande que fazia eco, com mais de dois metros quadrados e com janela. E também com eletricidade, que se podia ligar e desligar. E também com uma torneira do lado de fora, que se podia abrir e fechar. E dinheiro no bolso. É claro que ele mandava 250 xelins para casa, mas ainda ficava com a excelente quantia de 100 xelins para gastar em... em quê? Em açúcar, em bombons, em Coca-Cola! Muita Coca-Cola.

Benjamin sempre soube como aproveitar a vida. Ele era o caçula da família, uma daquelas crianças que no Ocidente são quase sempre tachadas de "acidentes", mas que na África são geralmente conhecidas por descrições mais favoráveis. Na vila de Benjamin, incrustada no centro de um grande vale, crianças como ele eram chamadas de "chuva tardia". Seu irmão mais próximo era sete anos mais velho, de modo que Benjamin não cresceu sozinho, mas estava freqüentemente só. Na pequena fazenda de seus pais, aprendeu a gostar de brincar sozinho, na poeira ou na lama conforme a estação do ano. Gostava de tomar conta das galinhas, fascinado pela personalidade de cada uma delas. Ficou contentíssimo quando finalmente atingiu a idade em que lhe foi permitido levar as cabras para o pasto, primeiro apenas durante as manhãs, depois durante o dia inteiro (embora tenha ficado levemente decepcionado ao descobrir que elas não tinham nem a metade da inteligência das galinhas). Ele adorava observar os animais selvagens: os mangustos travessos, os escorpiões piniquentos, as cobras e lagartos tímidos, as variadas espécies de pássaros que se agrupavam para beber na caixa-d'água. Gostava de conversar com os homens e mulheres da vila, e ficou mais do que feliz quando, aos oito anos, depois de uma grande discussão que parecia envolver a comunidade inteira, foi mandado para a escola. Ela ficava a quatro quilômetros de distância, perto da Nakuru Road, então ele ainda tinha tempo de arremessar galhos, de trepar em árvores ou até mesmo de observar uma cobra verde brilhante enquanto caminhava para ir e para voltar da escola. Por pura diversão, às vezes, ele e as outras crianças escalavam a grande colina atrás da escola e atiravam pedras que rolavam para baixo. Uma vez até levaram o pneu de um carro velho para o alto da colina. Que divertido foi ver o pneu ir lentamente ganhando velocidade e rolar saltitando até chegar lá embaixo. Ao contrário do que acontecia com as pedras, no entanto, o pneu de carro não parou quando chegou ao sopé da colina. Para a alegria das crianças, ele continuou rolando e saltitando, atravessou a estrada, passou pela cerca e foi em frente. E, para estragar o prazer delas, o embalo do pneu só foi interrompido quando ele bateu na parede da casa do diretor da escola, fazendo com que ele derrubasse a habitual xícara de chá forte que o acalmava depois que as aulas do dia terminavam. Apesar do traseiro dolorido por conta de traquinagens como esta, Benjamin gostava da escola, e os anos passaram rápido.

Benjamin começou a estudar pouco depois de o novo ministro da Educação ter baixado o decreto de que as escolas não ensinariam mais na língua dos antigos colonizadores. Suaíli seria agora a língua oficial, a língua franca do país. O professor de Benjamin era um homem astuto, e continuou ensinando inglês aos alunos, além do suaíli, e Benjamin gostou de aprender as duas novas línguas. Gostou tanto que acabou se tornando o pesadelo do professor, sempre querendo saber qual a palavra que se refere a isso, qual a palavra que se refere àquilo. Qual era a palavra em suaíli para *doguru*, um grupo de mangustos? Qual era a palavra em inglês para *wakiku*, as pequenas amoras verdes que cresciam nos arbustos dali? O professor de Benjamin, que crescera ao lado do lago Vitória, onde as espécies locais de mangusto abrangiam apenas um animal e as amoras *wakiku* eram desconhecidas, ficou tão desesperado com o aluno curioso que limitou Benjamin (e, para ser justo, todas as outras crianças) a três perguntas por dia. Mas isso não impediu Benjamin de continuar a fazer as perguntas em sua cabeça. Por que um *makari* se chama *makari*? Por que existem palavras diferentes para machos e para fêmeas *myaki* — *nudzi* e *kiyu* — e não para machos e fêmeas *hatajii*? Por que também não existe uma palavra em inglês para *huturu*, sendo que todos certamente precisam de *huturu*. Quando o período escolar terminou, e ele começou, aos 12 anos, a ajudar o pai e os tios a arar e plantar no *hasara* (ou *shamba*, como agora aprendera a chamar em suaíli), Benjamin começou a fazer-lhes perguntas parecidas. Seu pai era um homem paciente, mas depois de quatro anos sendo interrogado diariamente sobre línguas que ele mal conhecia, mandou Benjamin ir morar com o irmão mais novo de sua mãe, Emanuel, na cidade, novamente com o consentimento entusiasmado da vila inteira.

Quando o chefe de Emanuel, na fábrica em que ele trabalhava, anunciou que estava precisando de alguém confiável, eficiente e jovem para um emprego de *shamba boy*, o braço de Emanuel se ergueu rapidamente. Depois de mais algumas perguntas para as quais o chefe pareceu satisfeito com as respostas — sim, a tal pessoa era jovem; sim, trabalhara na terra; sim, era cristão; e, o mais importante, estava havia pouco tempo na cidade, de modo que não tinha sido corrompido por ela —, ficou combinado que Benjamin iria até a casa do chefe de Emanuel para uma entrevista no dia seguinte.

E, como vocês certamente já adivinharam, o chefe — proprietário e diretor administrativo da Fábrica de Cigarros Jolly Man — era o senhor Malik.

8

Voltemos agora ao que o senhor Malik descobriu no Clube Asadi sobre Harry Khan. Depois que as negociações relativas à aposta foram fechadas, o senhor Malik encheu novamente seu copo e pegou mais um punhado de pipocas apimentadas.

— Vi um sujeito ontem que eu não via há anos.

— Mesmo?

O senhor Gopez tinha apanhado o jornal de novo e estava lendo a página de esportes.

— Mesmo. Não via desde os tempos de escola.

— A Austrália é a favorita no críquete, *de novo*. O que aconteceu com o time caribenho? Não, sério. Falando sério, o que aconteceu?

— Apareceu na caminhada dos pássaros.

O senhor Gopez olhou por cima de seu jornal.

— O time caribenho?

— Não, esse sujeito. Harry Khan.

— Não parece um nome do Caribe.

— Ele não é caribenho. Nasceu aqui.

— Tem certeza?

— Tenho. Foi meu colega de escola.

— Ora, então por que ele está jogando no time caribenho?

O senhor Malik foi salvo pelo senhor Patel.

— Você está falando do filho de Bertie Khan, Harry Khan?

— É, este mesmo. Como disse, eu o conheci na escola.

— Ah — disse o senhor Gopez. — Khan vem de Kwality e tudo. Morreu, não é?

— Não, eu o vi ontem.

— Vivo?

— É.

— Tem certeza disso?

— Tenho.

— Estranho. Quem será que foi enterrado, então? Nunca vou esquecer as samosas. Sem ervilhas. Não gosto de ervilhas.

— A.B., acho que Malik está falando de Harry Khan, não de Bertie.

— O quê? Bertie também morreu, não é mesmo?

— Se bem me lembro, a família se mudou para o Canadá. Ouvi dizer que se saíram muito bem por lá. São donos de lojas e tudo o mais — disse o senhor Patel.

Tiger Singh entrou na conversa.

— Lojas, hotéis e coisas do gênero, importação e exportação, franquias e até alguns restaurantes muito bons, segundo soube. Primeiro em Toronto, depois em Nova York.

— Nova York?

— Foi o que a minha mulher disse. Ela me contou que Harry Khan estava de volta à cidade. A quarta esposa acabou de se divorciar dele por causa de uma coleção de casos de adultério. Um *donjuán* de primeira ordem, disse ela. Com ela não colou essa história de que Harry não tinha culpa de nada. E ele está querendo arrumar outra, imagino eu.

— Outra esposa? Não, por favor, não. Harry Khan, não. Não a Rose. Não depois daquela carta do senhor Malik.

A carta. Estou certo de que vocês lembram que o senhor Malik está bastante apaixonado por Rose Mbikwa. Na verdade, o ideal seria usar a palavra "arrebatado" ou até mesmo "hipnotizado", para descrever corretamente o sentimento dele. Apaixonara-se por ela no instante em que a vira pela primeira vez, e passar três anos vendo a mulher de seus sonhos em todas as caminhadas dos pássaros nas manhãs de terça-feira só fez jogar lenha na fogueira de sua paixão. Vocês já devem ter se dado conta de que o senhor Malik não é um sujeito impetuoso, extrovertido e autoconfiante. Mas também já descobriram que, quando as apostas são feitas, ele não é de forma alguma um homem covarde. Junte isso tudo à ocorrência iminente do principal evento social do calendário queniano e o resultado é o senhor Malik sentado em sua mesa na semana anterior (imediatamente após a caminhada dos pássaros), escrevendo uma carta para a senhora Rose Mbikwa, perguntando se ela lhe daria a honra de aceitar seu convite para acompanhá-lo ao Baile Anual do Clube de Caça de Nairóbi.

O senhor Malik, é preciso que se diga, não é um dançarino. Não sou um corredor, correr é algo que simplesmente não combina comigo. Mas em meus sonhos sou Fidípides correndo com pés velozes de Maratona até Atenas, para anunciar a vitória sobre os persas. Sou Tom Longboat no Madison Square Garden atravessando a linha de chegada três minutos antes do restante dos corredores. Sou Julius Ruto. Em seus sonhos, o senhor Malik é Fred Astaire, e ele não apenas escreveu esta carta convidando Rose Mbikwa para ir ao baile, como também a colocou num envelope, endereçou e colou selos. Embora ainda não tivesse uma entrada sequer para o baile — quanto mais duas —, ele já enviara, confiante, um cheque e, assim que as entradas chegassem, ele iria até os correios na esquina da Garden Lane com a Parklands Drive e postaria a carta.

Lembrem-se de quando eram mais jovens. Pensem naquela carta (ou e-mail, ou mensagem de texto, se for o caso) para aquela pessoa. Pensem na espera pela resposta. Será que Rose aceitaria? Claro que não. Não, é claro que não. Uma resposta chegaria, um cartãozinho refinado dentro de um envelope de papel-cartão. Extremamente reservado, sem dar qualquer desculpa. Mas e se ela aceitasse? Ora, ela poderia aceitar. O telefone tocaria e ele diria "É Malik quem fala", e ele a ouviria dizer que aquela era uma ótima idéia, que ela não ia ao baile do Clube de Caça havia anos e que adoraria ir. Ou ele não estaria em casa e quando chegasse haveria uma mensagem. Nenhum nome, apenas uma palavra: "sim".

Algumas palavras sobre a Caçada de Nairóbi. Se você tivesse estado na entrada principal do Clube Karen bem cedo na manhã do último sábado de maio de 1962, teria visto, reunidos no gramado, 17 cavalos montados por cavaleiros de jaquetas vermelhas, bombachas brancas, chapéus pretos de montaria e demais apetrechos. Uma cacofonia de rosnados e latidos anunciaria a chegada de uma matilha de cães caçadores de raposa, os foxhounds, trazidos dos canis que ficavam mais adiante na rua, depois das quadras de tênis. Quando os primeiros raios de sol surgissem sobre as montanhas Ngombo, o último grupo da Caçada de Nairóbi sairia. Antes do final da manhã, eles teriam encontrado e matado duas raposas, ou seja, duas a mais do que o de sempre, e a caçada seria considerada um grande sucesso. E assim se fecharia com chave de ouro uma tradição cultivada havia mais de cinqüenta anos.

Devo explicar que as raposas eram, na verdade, chacais — uma vez que não há raposas adequadas à caça nesta região da África —, mas sempre foram chamadas de raposas pelos membros da caçada. Os foxhounds, no entanto, eram, de fato, foxhounds, descendentes dos que foram trazidos por lorde Delamere, que Deus o tenha, em 1912. Apesar de agora a caça constituir apenas uma vaga lembrança para os veteranos, ela não desaparecera por completo. Isso mesmo depois de todos os cães de caça há muito terem transferido suas atividades para o céu, correndo pela savana orvalhada em direção ao sol nascente, tentando vislumbrar os buracos dos porcos-formigueiros enquanto puxavam com força as várias garrafas de uísque. A memória da caça é honrada pelo Comitê de Caça do Clube Karen, cuja única função é organizar o baile anual do clube. Venha, deixe-me levar você até lá.

Estamos no grande salão de baile do Hotel Suffolk. Candelabros brilham, as velas estão acesas. Buganvílias se enroscam pelas colunas em cada canto da sala, galhos inteiros de hibiscos enfeitam janelas e portas. Bem ao fundo do salão, a orquestra está afinando os instrumentos. Nesta noite, e também nas outras noites dos últimos 29 anos, nós vamos dançar ao som da música de Milton Kapriadis e os seus Safari Swingers. Ao longe, num dos lados do salão, a toalha branca engomada da imensa mesa está quase escondida por baixo de uma enorme quantidade de baixelas e variedades de comida.

O bufê consiste, como de costume, em canapés sortidos (vejo que os *val-au-vents* voltaram em grande estilo este ano) seguidos por saladas, frios, frango e camarões grelhados, curry, *birianis*, travessas de frutas e bolos que fariam minha avó — que tinha uma predileção por glacê cor-de-rosa e chantili — chorar. Numa mesa separada, vigiada por um *chef* de uniforme branco e chapéu alto, com instrumentos de corte brilhantes nas mãos, descansa um carneiro assado. Outros dois esperam na cozinha para serem servidos. Eles sempre fazem essas coisas muito bem no Suffolk. Times de garçons, vestidos com sarongue branco e bata marrom de botões prateados, ficam de pé ao lado da porta, equilibrando bandejas de prata nas mãos cobertas por luvas brancas. Em cada bandeja há dois copos de cerveja, gim-tônica ou uísque e soda, conhaque e soda, ou simplesmente soda: os cinco drinques favoritos da África Oriental. Que a festa comece!

Quem virá ao baile? Bem, todos, na verdade. Duzentos casais e outras pessoas influentes da sociedade queniana. Todos os veteranos, claro, a maioria dos iniciantes, e alguns dos filhos mimados da sociedade — os quais, em sua maioria, abandonaram a África e foram para Kensington ou Belgrávia (e até Islington, atualmente), mas ainda voltam uma vez por ano para fugir do inverno britânico. É uma tradição o embaixador britânico ir ao baile — excetuando-se o hiato de três anos do governo de Harold Macmillan na Grã-Bretanha, quando os ventos de mudanças que varriam a África paralisaram essas frivolidades —, e ele geralmente comparece. Comparecerá também um bom número de figurões do restante da comunidade diplomática e das várias ONGs que hoje atuam em Nairóbi.

A banda esquenta, o embaixador britânico e a esposa tomam o centro do salão para a primeira valsa (é sempre uma valsa, o embaixador britânico é sempre um homem, e ele é sempre casado) e lá vamos nós. Dançando, papeando, comendo, bebendo, flertando e, acima de tudo, sendo vistos. Eu estive lá, e é realmente muito divertido. O senhor Malik, cuja esposa nunca apreciara muito essas bobagens antigas dos tempos de colônia, nunca compareceu, e não acreditava muito que pudesse ser divertido, mas ele sabia que era o único lugar aonde queria levar Rose Mbikwa. As entradas provavelmente chegariam na próxima visita do carteiro.

Assim que chegassem, seu convite estaria pronto para ser despachado na caixa de correio da esquina da Garden Lane com a Parklands Drive.

Beija-flor

9

Em sua casa em Serengeti Gardens, no bairro de Hatton Rise, Rose Mbikwa estava de pé em seu quarto com uma mala vazia sobre a cama. Como dissera na caminhada dos pássaros daquela manhã, estaria fora na semana seguinte. O que não explicara era o motivo da ausência.

Já mencionei que o carro de Rose é um Peugeot 504 e que ele já vivera dias melhores. Embora o último carro modelo 504 tenha saído da linha de produção de Sausheim em 1989, eles, apesar de velhos, são fortes, e ainda é possível encontrar milhares nas estradas da África, da Cidade do Cabo até o Cairo. O motor 1600cv, basicamente o mesmo modelo usado no velho 404 estilo Pininfarina, tem enorme longevidade. A caixa de câmbio manual de quatro marchas é lendária por sua confiabilidade, apesar da ausência da quinta marcha. O que geralmente enguiça primeiro é o diferencial, embora o declínio seja gradual e a lamentação ruidosa de uma engrenagem gasta possa acompanhar um Peugeot 504 por anos até que finalmente pare de funcionar.

Isso também ocorre com muitos corpos humanos. Conforme os anos vão passando, há freqüentemente uma parte que começa a mostrar sinais de desgaste antes de outras. No caso de Rose, fora as ocasionais pontadas no lado esquerdo de seu quadril depois de uma caminhada especialmente puxada, o problema não estava na engrenagem e tampouco na marcha. Estava nos seus olhos.

 A princípio, ela tentou ignorar o leve borrão que parecia a tudo envolver, especialmente em ambientes muito iluminados. Não era nada sério, melhoraria por si só. Não melhorou. Enfim, é só a velhice... Talvez uns óculos resolvam o problema, uns desses que se compram na farmácia serviriam. Não serviram. Conforme a visão foi piorando, ela notou que sua percepção das cores começou a ser afetada (vide sua confusão, na manhã de hoje, ao achar que um beija-flor de cabeça verde era um beija-flor de cabeça azul). Ela foi consultar o médico e contou a ele tudo o que estava acontecendo. Ele examinou bem cada um de seus olhos com um oftalmoscópio antigo.

 — Sinto dizer, senhora Mbikwa, que a senhora está desenvolvendo catarata nos dois olhos. A do cristalino de seu olho esquerdo está particularmente ruim. Tem um tom amarelado, e é provavelmente por isso que a senhora está tendo problemas em distinguir as cores.

 O médico explicou que a doença é comum especialmente em seus pacientes brancos.

 — Tem a ver com toda essa claridade e o infravermelho, compreende? Isso danifica as proteínas. Sinto dizer que isso tende apenas a piorar.

 O médico recomendou que ela considerasse a possibilidade de uma substituição do cristalino.

 — Para começar, faça apenas no olho esquerdo. É um procedimento bem simples e as lentes são bastante confiáveis hoje em dia. Há apenas um porém, e preciso alertá-la quanto a isso: não somos muito bons neste tipo de cirurgia aqui no Quênia.

 Ele sugeriu a ela que fizesse a operação em algum país da Europa ou nos Estados Unidos.

 A notícia, embora ela já suspeitasse, foi devastadora. De tudo que poderia falhar em seu corpo, o comprometimento da visão era o que ela menos aceitava. Como faria para continuar trabalhando no treinamento de guias? E as caminhadas dos pássaros? Será que conseguiria viver sem a beleza de seus amados pássaros? Mas nada poderia ser feito quanto a tudo isso. Rose não gastaria tanto dinheiro consigo mesma ainda que pudesse, de algum modo, juntar toda a quantia, e o que não tem remédio, remediado está. Ela agradeceu ao médico e foi para casa. Sua visão piorou. No mês passado, seu filho Angus, agora adulto, formado e trabalhando para as Nações Unidas, veio de Genebra para visitá-la. Ele logo percebeu a teimosia resignada da mãe. Deu alguns telefonemas.

— Você tem hora marcada na clínica do doutor Strauss em Bonstetten na próxima quarta-feira. Já providenciei as passagens de avião. Nem uma palavra, mamãe, está tudo pago.

Então, nesta mesma tarde, Rose tomará o ayião da Swiss International para Zurique. Ficará fora durante nove dias. Enquanto ela olha o quarto, decidindo o que levar e o que não levar, examinemos o resto da casa.

Hatton Rise foi construído na década de 1920 como um confortável bairro de classe média para imigrantes brancos. Pense em Sunningdale, em Berkshire, ou algumas regiões antigas de Freeport, Long Island e você terá uma idéia de suas casas confortáveis em terrenos espaçosos. É agora um bairro de classe alta para quenianos de qualquer raça que tenham dinheiro para comprar uma casa ali. Rose mora na casa sobre a colina em Serengeti Gardens desde que se casou. Ela é agora a única pessoa branca da rua. O seu atual vizinho da casa ao lado, onde antes viviam Bunny e Sue Harrington, é um homem de negócios asiático dono da fábrica de engarrafamento da Coca-Cola em Nairóbi, a maior da África Oriental (Rose raramente vê a mulher dele). Do outro lado — uma construção espaçosa estilo casa de campo, que já foi o lar do jovem rapaz Delamere, de seu bom amigo Jeremy e de ao menos uma dúzia de cães bassê — agora vive um juiz da Suprema Corte que, a julgar pelo número e pela variedade de carros que estão sempre sendo trocados e que engarrafam a entrada da garagem e voam rua abaixo, possui uma renda bastante elevada e um pequeno problema de deslealdade em relação às marcas automobilísticas.

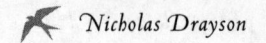

Embora a casa de Rose seja grande, ela é, segundo os padrões modernos da África Oriental, ultrapassada. Os cômodos não são pequenos, mas não são tão palacianos quanto os das casas mais novas da rua. No andar de baixo, a sala de estar principal tem portas sanfonadas de madeira que descortinam uma varanda. Sanfonadas em teoria, na verdade, pois há muitos anos ninguém as fecha e não se sabe agora se as dobradiças ainda funcionam. A varanda ocupa toda a extensão dos fundos da casa, e às vezes Rose se senta do lado de fora, nas cadeiras de vime sob a banksia de flores amarelas (sua rosa favorita) e outras, se senta dentro da sala, numa ou noutra das velhas poltronas, ou se deita de costas no sofá. Ela não é como algumas pessoas que têm uma predileção ferrenha pela "sua" poltrona. Existe um aparelho de som no canto com um emaranhado de fios por trás e CDs empilhados desordenadamente nas prateleiras sobre o som, mas não há televisão e, portanto, também não há antena parabólica no jardim — algo que muitas casas da rua possuem hoje em dia. Também não tem ar-condicionado. Mesmo que Rose gostasse de ar-condicionado, com as portas da varanda do jeito que estão, o aparelho não teria muita utilidade. Adjacente à sala de estar, mas separada dela por três passagens em forma de arco, está a sala de jantar, com sua grande mesa de nogueira e 12 cadeiras, além de aparadores do mesmo material. Confeccionados em Dundee no inicio do século XIX, foram um presente tardio de casamento dado por seu pai. A cozinha americana fica anexa à sala de jantar e há um armário para casacos no hall de entrada ao lado da porta da frente. Uma escada leva da porta de entrada para quatro quartos simples no andar de cima e um banheiro. Sim, apenas um banheiro. É uma casa ultrapassada a esse ponto.

Algo característico da casa de Rose é o número de fotografias e quadros que enchem todas as paredes. Sobre a cornija na sala de estar (tem uma enorme lareira na sala, mas hoje em dia Rose raramente a usa), há um retrato a óleo de um belo homem negro de terno risca de giz cinza. Ele está sentado numa escrivaninha com uma folha de papel à sua frente e uma caneta com bico de pena na mão. As prateleiras atrás dele estão cheias de livros com encadernações vermelhas e pretas, dando a impressão de que é um homem sério, importante — um advogado ou um político, talvez. A impressão é descartada pelo fato de o homem estar com um largo e alegre sorriso. Este é Joshua Mbikwa, o homem que 35 anos antes arrancara Rose Macdonald de suas raízes escocesas. Este é o homem que a apresentou à África. Este é o homem que ela ainda ama.

Rose fechou as trancas da velha mala Samsonite, apanhou o telefone e discou. Aceitaria aquela oferta de carona, afinal. Isso lhe pouparia o trabalho de ter que encontrar um táxi. Só na quinta tentativa conseguiu falar com o Hotel Hilton e sua ligação foi transferida para o quarto de Harry Khan.

Tiger Singh e A.B. estavam certíssimos com relação a Harry. O avô dele, Mohammed Khan, viera da Índia para a África pelo mesmo motivo que a maior parte de seus compatriotas — para construir as estradas de ferro para os britânicos. Os britânicos tinham chegado à conclusão de que não poderiam construir sozinhos (trabalhadores brancos não agüentam o calor, entende?), mas logo descobriram que os africanos não viam por que trabalhar o dia inteiro por uma tigela de arroz quando podiam se sentar sob uma árvore durante o mesmo tempo e serem servidos de uma tigela de sorgo pelas mulheres de suas famílias. Então os britânicos recrutaram navios carregados de trabalhadores indianos. A cada um deles, assim que desembarcavam do navio em Mombasa, entregavam uma pá e uma tigela, e eles construíram aquela estrada de ferro rapidamente (mesmo com os atrasos causados por aqueles leões comedores de homens dos quais até hoje tanta história é contada). Mas quando, no dia 16 de julho de 1903, o primeiro trem correu por aquela estrada de ferro indo de Indian Ocean até lago Vitória, o que o avô de Harry Khan iria fazer? Voltar para aquele balde de poeira que era a Índia central e servir de empregado para os ingleses mais uma vez? Mohammed Khan já percebera que havia oportunidades para um homem com disposição neste estranho mas fértil país. Embora tivesse começado numa estrada de ferro, com uma pá nas mãos como todo mundo, ele logo subiu de vida tornando-se primeiro feitor, depois chefe de seção, depois gerente de linha de produção. Ainda trabalhava muitas horas, mas, ao ser promovido, passou a andar para cima e para baixo na linha e sobrava-lhe um pouco de tempo para bisbilhotar tudo à sua volta. Numa das seções, os engenheiros estavam com o trabalho atrasado por falta de dinamite.

Lá embaixo, em Mombasa, num pequeno galpão de lata com cadeado na porta, havia várias caixas de dinamite encostadas, que sobraram do grande projeto de aumentar as paredes do porto — idealizado por seu supervisor — com pedras de coral que seriam dinamitadas de uma montanha que havia perto. Duas explosões barulhentas foram o suficiente para o supervisor do porto perceber que a rocha era tão frágil que só o choque da explosão a reduzia a uma poeira inútil, e as dinamites ainda estavam guardadas em suas caixas de pinho suecas naquele pequeno galpão de lata no fundo do cais. Mohammed Khan apresentou o supervisor do porto ao engenheiro-chefe da estrada de ferro e eles entraram num acordo. O supervisor do porto agradeceu ao avô de Harry Khan, oferecendo-lhe de presente a primeira coisa que apareceu, o que, por acaso, vinha a ser muitos metros de tecido de lã penteada de um vermelho vivo, a cor do time de futebol de Manchester, que tinham sido deixados em seu escritório, em circunstâncias misteriosas, pelo dono de um iate a vapor.

Mohammed Khan aceitou, agradecido, o tecido vermelho do supervisor do porto e teve uma grande idéia. Cortou o tecido em pedaços grandes e, no seu sábado de folga seguinte, levou a mercadoria até o final da linha para vender no mercado atrás da estação de Nairóbi. No primeiro sábado ele vendeu um metro quadrado para um maasai que passava por ali. No segundo sábado, vendeu vinte; no terceiro, cem. Quase todos os maasai que passavam, pastores de cabra e gado — e muitos maasai realmente passavam pela estação de trem, atraídos por aquele estranho espetáculo —, gostariam de ter um novo manto vermelho. Então os maasai, que antes disso preferiam tecidos que tivessem a cor da terra na qual andavam, adquiriram o gosto por mantos vermelhos. Gosto que sobrevive até os dias de hoje, e foi assim que Mohammed Khan fez sua entrada no comércio.

Na ocasião em que o velho Mohammed estava pronto para passar a empresa adiante para o seu filho, ela havia se tornado uma das maiores casas de comércio da África Oriental. Outdoors com o slogan "Khan para Kwalidade" podiam ser vistos do píer de barcos em Mombasa até os terminais da estrada de ferro em Entebbe, das planícies de Serengeti até quase o pico mais alto do Kilimanjaro.

O pai de Harry contribuíra para consolidar este pequeno império do comércio e, por volta dos anos 1960, a família era uma das mais ricas da África Oriental. Depois, no entanto, as coisas ficaram ruins. A independência estava se aproximando e a segurança das empresas virou de cabeça para baixo. A perturbação e a falta de regras e leis se espalhou pelo Quênia; as tribos pediam uma organização tribal; os nacionalistas pediam a nacionalização. Assim que Harry, o mais novo dos filhos, terminou o período escolar no Eastlands High, os Khan venderam todos os seus bens e se mudaram para Toronto.

Lá eles se saíram bem nos negócios e expandiram suas operações para os Estados Unidos. Harry tinha, a esta altura, começado a trabalhar nas empresas da família, mas sua participação se restringia principalmente ao "salão principal". Ele não era bom em matemática como o irmão Aladin, não tinha visão para fazer bons acordos comerciais como o irmão Salaman, mas tinha um talento. Sabia fazer as pessoas se sentirem bem. Quando um novo hotel era inaugurado, era Harry quem organizava a festa, recebia os convidados e fazia os discursos. Quando o setor financeiro estava sendo procurado para um novo shopping center, era Harry quem levava os banqueiros para almoçar. Quando uma franquia estava sendo vendida, era ele quem entretinha as esposas dos franqueadores (elas realmente gostavam de Harry).

Enquanto isso, seus irmãos mais velhos fechavam negócios e contavam o dinheiro, que sempre abundava, de modo que eles nunca precisaram questionar os gastos de Harry com o cartão de crédito nem as cobranças em seu nome. Ele passou a manter um apartamento na área nobre de Toronto, que dava vista para a St. Lawrence, e outro apartamento no centro de Nova York, que dava vista para o East River. Agora já estava no seu quinto apartamento em ambas as cidades, cada uma de suas ex-esposas exigira um, e ele estava ficando entediado. E os irmãos estavam ficando irritados; tantas esposas e nenhum filho. Talvez, sugeriram eles, ele precisasse se afastar. Seria difícil, mas conseguiriam segurar as pontas sem ele durante algumas semanas — alguns meses talvez. Que tal uma visita ao velho país? (Sim, tinham certeza de que aceitavam Amex na África.) Talvez mamãe gostasse de ir junto, hein? E ele poderia dar uma explorada por lá. Quem sabe não descobriria boas oportunidades de negócios na África novamente hoje em dia — franquias, talvez. Harry concordou.

O que exatamente faria durante três meses lá? Disso não fazia idéia, mas tinha certeza de que descobriria alguma coisa.

Papa-moscas-do-paraíso

10

Nos 44 anos que se passaram desde que Harry Khan e sua mãe atravessaram pela última vez a estrada que levava do aeroporto internacional até a cidade de Nairóbi, muita coisa mudou. Harry não reconheceu nada. A mãe, sentada no banco de trás do novo e confortável Range Rover no qual seu sobrinho Ali fora buscá-los, balançava a cabeça volta e meia como se pensasse estar reconhecendo algum ponto de referência de outrora há muito esquecido, e agora confinado entre edifícios de escritório de concreto e lojas de carro e móveis. "Aieiii" dizia ela. Durante toda a viagem, passando pelo estádio de futebol, passando pelo Uhuru Park, pelo novo prédio do parlamento, pela antiga universidade — era só isso o que ela dizia: "Aieiii."

— Não me lembro de nenhum desses nomes de rua — observou Harry.

— Eles mudaram todos, meu velho — disse o primo. — Somos pós-coloniais agora, você não sabe?

Virando à direita na Uhuru Road (Queen's Avenue), ele dirigiu pela Kenyatta Parade (Prince's Street), passou, então, por um posto de gasolina e virou à esquerda num pequeno trevo onde uma meia dúzia de garotos maltrapilhos os observaram com olhar vago. O carro grande pegou uns cem metros de uma alameda esburacada, depois passou por um portão sobre o qual se liam em letras brilhantes douradas as palavras "Sea Spray".

— E eu certamente não me recordo disso.

— É novo. Mais calmo do que o Hilton. Pensei que seria melhor para a tia.

— E o Old Livingstone?

— Ah, você quer dizer o The Dawn of Africa. Está sob nova direção. — Ali balançou a cabeça em sinal de desaprovação. — Não é mais o que era antes.

Harry não precisava perguntar por que eles não estavam se hospedando no Stanley. Nenhum Khan colocou os pés no Stanley desde o dia, há cinquenta anos, em que seu pai, indo para o restaurante almoçar com um cliente importante, foi confundido pelo gerente com um garçom e o ameaçou de despedi-lo se ele não andasse rápido. Mas o Sea Spray (só os seus donos, uma família da Arábia Saudita que nunca pôs os pés ali, sabem por que um hotel que fica a aproximadamente quatrocentos quilômetros do oceano mais próximo, chama-se "borrifo do mar") parecia um hotel moderno e confortável. Eles se registraram na recepção, a mãe de Harry foi levada até seu quarto e deitou-se para descansar, enquanto Harry e Ali foram para o bar.

O combinado era que os três ficariam em Nairóbi apenas uma noite e iriam na manhã seguinte até Naivasha. Ali ainda mantinham a grande casa no lago que o avô deles construíra nos anos 1930 para ser o seu refúgio campestre, e onde as ramificações americanas e quenianas concordaram que seria o melhor lugar para a mãe de Harry ficar durante seus três meses no Quênia. Seria mais fácil que os parentes fossem visitá-la do que ela ficar viajando para lá e para cá para encontrar todos eles. Esta mostrou-se uma decisão inteligente. Assim que eles saíssem dessa cidade arruinada, informou ao filho e ao sobrinho durante o café da manhã, ela ficaria mais feliz.

A casa em Naivasha mudara pouco. Ainda estavam lá as longas cercas vivas de eufórbia ladeando a estrada, ainda estavam lá os altos portões de ferro que se abriam para o longo caminho pavimentado com grama-de-areia, ainda estavam lá os gramados extensos e os estuques cor-de-rosa-flamingo da casa. A mãe de Harry adorou; Harry, não. Ele ficou entediado. Então, passados três dias, depois de se certificar de que a mãe se adaptara de novo à vida na África e de que estava já tão acostumada a ter empregados novamente que voltara a adotar o seu velho jeito de dona de casa mandona, Harry Khan ficou feliz em poder aceitar o convite da filha mais nova da irmã da esposa de seu primo, Elvira — a filha mimada, a filha bonita, a que não era casada, mas noiva, que estivera na casa visitando a tia —, de voltar à cidade para passar alguns dias. O noivo dela, um contabilista de boa família e intenções sérias, infelizmente estava trabalhando em Dubai, mas ela teria o maior prazer em mostrar a cidade para Harry.

Desta vez ele se hospedou no Hilton. Alugou um Mercedes vermelho. Elvira apresentou a ele tudo o que pôde do charme da cidade e mais do que deveria do seu próprio charme, e em toda parte se aceitava American Express. "Não era mal, no fim das contas", pensou Harry. Então o noivo chegou de volta à cidade.

E foi assim que Harry Khan, agora entediado na cidade e sem ter nada para fazer, viu-se uma manhã caminhando pelo museu (dentre todos os lugares) para passar algumas horas e esfriar a cabeça o suficiente antes de se dirigir a um restaurante de que ouvira falar, e que ficava fora da cidade, para tomar umas cervejas e almoçar. E foi aí que ele conheceu Rose Mbikwa.

É assim que Rose preenche suas semanas. Nas manhãs de segunda-feira, reunião de funcionários. Quer dizer, seus funcionários domésticos. Ela emprega cinco — Elizabeth, a governanta da casa; Reuben, o jardineiro de 63 anos de idade (ela se recusa a chamá-lo de *shamba boy*) e três *askaris*, Mokiya, velho Mukhisa e jovem Mukhisa, que protegem a casa e os portões de Serengeti Garden. Ela não precisa na verdade de todos esses funcionários. Rose é uma cozinheira competente e uma jardineira entusiasmada. Também não acha que precise de proteção. Os muros altos, as cercas de arame farpado e o complexo sistema de alarme favorito de tantos vizinhos seus a fariam se sentir mais ameaçada do que segura (e, além do mais, Rose sabe que, se eles realmente querem pegar você, vão conseguir). Mas sua casa fora construída com acomodações generosas para empregados, e seria errado não usá-las, assim como seria errado não oferecer emprego honesto quando tantas pessoas não têm nenhum. Ela era uma das que tinham sorte e, como Joshua costumava dizer, é bom dividir sua sorte com os outros. Desde que vieram trabalhar para Rose, todos os três *askaris* — o jovem Mukhisa principalmente — tornaram-se entusiasmados observadores de pássaros e ficavam sempre chamando-a lá de fora para observar, e às vezes identificar, alguma espécie diferente ou bela de ave.

As tardes de segunda-feira são dedicadas às correspondências. As manhãs de terça à caminhada dos pássaros; as tardes de terça ao trabalho no museu no projeto de treinamento de guias — a mesma coisa todas as quartas e quintas. Nas manhãs de sexta, Rose geralmente faz um turno como guia voluntária no próprio museu, e deixa a tarde livre para as compras da semana, com a ajuda de Elizabeth para barganhar e a de Reuben para carregar. Naquela manhã específica de sexta-feira, ela estava subindo pela escada principal com um grupo de turistas para ir até a galeria Joy Adamson quando notou um homem bem vestido zanzando em volta do grupo. Quando os olhos deles se cruzaram, ela sorriu.

— Por favor, sinta-se à vontade para se juntar a nós.

Durante a hora e meia que se seguiu, Harry Khan aprendeu mais sobre o Quênia do que durante os 18 anos em que vivera no país, principalmente sobre os pássaros. Imagine, mais de mil espécies diferentes — mais do que em toda a América do Norte. Quando a visita guiada chegou ao fim, ele estava começando a acreditar que a sua terra natal era mesmo um lugar especial. Quando estava prestes a ir embora, ouviram-se trovoadas e os céus se abriram. Não havia motivo para se molhar todo numa caminhada até o hotel, mas será que deveria esperar até a chuva passar ou deveria apanhar um táxi? Devia ter um ponto de táxi ali perto em algum lugar. Neste momento uma mulher branca e alta apareceu com um guarda-chuva na mão.

— Você saberia me dizer onde consigo um táxi? — perguntou Harry. — E obrigado pelas suas explicações.

— Geralmente é fácil conseguir um logo do lado de fora do portão. Ah, obrigada, fico feliz que tenha gostado.

Rose o reconheceu, era o homem indiano de cabelos brancos que se juntara ao grupo. "É bem bonito", pensou ela, "e do tipo vaidoso; e aquele era um sotaque americano?" Perguntou a ele para onde ia, ele disse que ia para o Hilton, ela disse que podia lhe dar uma carona. Ele a convidou para tomar um café no hotel, ela aceitou. E ela realmente se divertiu. Há muito tempo — não conseguiu deixar de pensar nisso quando se viu gargalhando em sua xícara de café com mais uma das escandalosas histórias de Harry sobre a esposa de um franquista americano (que ficava ainda mais engraçada com o sotaque da região central dos Estados Unidos) — ela não ria assim. Quando ele a convidou para almoçar — ouvira falar de um restaurante um pouco longe da cidade —, ela se viu aceitando (bem, por que não, e de todo modo se eles se sentassem do lado de fora, podia ser que aparecessem alguns pássaros para observar). Então ela foi almoçar com ele no Tusks, e, além de ouvir mais histórias engraçadas, também se surpreendeu com o interesse dele por pássaros. A visão de um papa-moscas-do-paraíso macho com cauda brilhante castanha pousado num jacarandá, a poucos metros da varanda onde almoçaram, o deixara hipnotizado. Então, quando Harry disse "vamos sair outra vez; o que acha de jantarmos amanhã no Hilton?", ela aceitou sem pestanejar.

E foi aí que dançaram.

Águia-de-asa-redonda

11

— O que os homens querem das mulheres? — perguntou-me certa vez minha avó, a troco de nada, enquanto esperávamos para sermos servidos no balcão do Crown and Anchor, uma das muitas tabernas favoritas do circuito restrito de bares das vítimas da garrafa diária de xerez doce de que ela tanto gostava. Sem esperar resposta, ela disse em voz alta: — Sexo. — Satisfeita com o olhar que ela produzira nas minhas feições de final de adolescência, ela continuou: — E o que as mulheres querem dos homens?

Balancei a cabeça, envergonhado.

— Que saibam dançar bem.

Conforme me tornei adulto e amante do xerez doce descobri que há muita verdade nisso. Imagino que este seja um sentimento com o qual Rose Mbikwa concordaria. Rose ama dançar.

Tente lembrar-se da primavera de 1959. Temos ainda 12 meses pela frente antes de o senhor Chubby Checker introduzir o *twist* no mundo. Teremos que esperar ainda mais outros 24 antes que a música "El Watusi", de Ray Barreto, dê início a uma nova mania mundial em termos de dança. De Burbank até o Bronx, da Espanha até a Escócia, o rock-'n'-roll ainda é o rei das paradas de sucesso e domina a pista de dança. Na sala comum dos estudantes da Edinburgh Presbiterian Ladies' College, Rose Macdonald, aos 14 anos de idade, está dançando o rock-'n'-roll com as melhores — as melhores, neste caso, são suas colegas de turma na escola exclusiva para meninas ainda famosa por produzir o *crème de la crème* de Edimburgo. Observe-as fazer os passos, observe-as dar as passadas, fazer o *sugar push*. Quando Elvis faz um bico com os lábios na TV Decca em preto-e-branco, no canto da sala, veja como as garotas todas desmaiam. *Oh yeah*, ataque este ritmo oito por oito e mande ver, *daddy-o*. Quando Rose Macdonald saiu da escola e entrou na universidade, o ritmo pode ter mudado para quatro por quatro e o costume de realmente tocar o seu parceiro enquanto dançam pode ter sido suspendido temporariamente, mas ela nunca esqueceu a excitação daquelas primeiras danças e também nunca esqueceu os passos. No hotel Nairóbi Hilton com Harry Khan, naquela primeira noite de sábado depois que eles se conheceram, ela descobriu que Harry também não esquecera os passos.

Mais tarde, naquela noite, quando saiu do hotel para dirigir para casa, ela disse:

— Vejo você na caminhada dos pássaros, na terça?

— Sabe, senhora Mbikwa — disse Harry —, acho que sim.

Às oito da noite em ponto da quinta-feira seguinte — o que significa dois dias depois da caminhada dos pássaros, dois dias depois de *"Rose querida"* e o dia seguinte à aposta do peido —, o senhor Malik entrou no bar cheio do Clube Asadi. Na mão esquerda, carregava uma maleta preta de couro. Os senhores Gopez, Patel e Singh, que estavam sentados juntos numa mesa perto do bar, ergueram os olhos quando ele entrou, mas não disseram nada. Ele se sentou na cadeira vazia ao lado dos outros senhores, abriu a maleta e tirou de dentro um simples caderno de anotações. Sem nenhum comentário, passou o caderno para Tiger.

— E então, Malik? — disse Tiger, colocando o caderno, fechado, na mesa diante dele. — Terminou a sua tarefa?

O senhor Malik fez que sim com a cabeça.

— E os resultados da sua pesquisa estão neste caderno?

— Estão.

— Você foi capaz de prosseguir satisfatoriamente com o procedimento, como estipulado no acordo aqui escrito e testemunhado na noite passada, para a verificação da aposta entre dois membros do Clube Asadi agora diante de nós?

— Fui capaz.

— Cavalheiros. — Quando Tiger pôs-se de pé, fez-se um silêncio. — Cavalheiros, os senhores ouviram as palavras do nosso nobre amigo Malik. Antes de eu abrir este caderno e declarar quem é o vencedor da aposta, algum de vocês — ele se virou para encarar os protagonistas — têm algo a dizer que diga respeito ao acordo, ao procedimento ou a algum problema relacionado à aposta?

Primeiro o senhor Gopez e depois o senhor Patel balançaram a cabeça em sinal negativo. Tiger deixou seus olhos atravessarem a sala silenciosa.

— Algum membro do Clube Asadi aqui presente tem algo a dizer que seja pertinente a este assunto, ou seja, à aposta entre estes dois cavalheiros, o senhor Gopez e o senhor Patel?

Ignorando um abafado e emitido levemente entre os dentes "Vamos, ande logo com isso" de uma voz que vinha do fundo da sala (sem dúvida era Sanjay Bashu), Tiger retirou os óculos de leitura do bolso da camisa e o colocou sobre o nariz.

— Cavalheiros, tenho os números diante de mim. *Ad utrumque paratus*, preparem-se para a sorte ou o azar. — Ele abriu o caderno. Suas sobrancelhas se ergueram um milímetro em sinal de aparente surpresa.

— Os senhores deverão se lembrar de que, se este número equivaler ou exceder a 51, a quantia apostada irá para o senhor Patel. Se ele equivaler ou for menor do que cinqüenta, o senhor Gopez vencerá a aposta. O número, cavalheiros, é...

Mais uma vez seus olhos correram em torno do salão silencioso.

— ...quarenta e dois.

Houve um momento em que se poderia ouvir um distante peido de pulga, imediatamente seguido por uma cacofonia de lamentos misturados com um igual número de gritos entusiasmados e comemorações. A.B. Gopez levantou-se e estendeu a mão. O senhor Patel, com apenas um leve franzir de sobrancelhas, apertou a mão oferecida. Por sobre a algazarra de vozes excitadas, Tiger berrou em direção ao bar.

— Quatro Tuskers. E quatro Johnnie Walkers também. Grandes.

Alguns pediram uma recontagem — não o senhor Patel, que já aceitara a derrota como um verdadeiro membro do clube que era, mas as reclamações vieram de um ou dois membros mais jovens. O caderno do senhor Malik, que circulou pelo bar para ser inspecionado, foi devidamente encontrado e devolvido ao Tiger. Suas habilidades forenses logo detectaram que dez marcas tinham sido feitas com tinta de uma cor levemente diferente. Ele descartou o apelo da corte com avisos severos sobre as penalidades pela desobediência.

O senhor Malik havia começado a explicar a Patel e A.B. como utilizara os serviços de seu *shamba boy* para ajudá-lo na contagem, quando Harry Khan entrou no bar.

Cormorão

12

Se o grande deus Ganesha em pessoa tivesse entrado no salão do Clube Asadi naquele momento — com seus quatro braços, cabeça de elefante, uma presa quebrada e coroado de diamantes —, o senhor Malik não teria ficado mais surpreso. Mas ali estava, todo de branco e sorrindo, Harry Khan. Cabelo branco cheio, uma camisa quase tão ofuscante quanto seus dentes, calças brancas, paletó branco e (sim, o homem não tem timidez nenhuma) sandálias brancas abertas. E abraçada a ele, vestida num curto vestido vermelho, uma jovem muito bonita.

O Clube Asadi, quando foi inaugurado em 1903, era um clube somente para indianos. Qualquer pessoa que viesse do subcontinente indiano, qualquer que fosse a raça ou a religião, podia pedir um requerimento de sócio — assim estava discriminado nas regras do clube. Na prática isso significava que não havia nenhuma sócia mulher, porque quem já viu mulher querer ser sócia de algum clube? Foi só depois do constrangimento do que mais tarde ficou conhecido como o "Ranamurka Affair" de 1936 que as regras do clube foram modificadas de modo a excluir deliberadamente as mulheres. E as coisas ficaram assim até a metade dos anos 1970, quando a nova onda de feminismo (bastante atrasada e diluída entre a comunidade asiática de Nairóbi, mas mesmo assim detectável) coincidiu com um declínio de sócios no clube. Depois de muitos debates — e apesar da ameaça feita por Jumbo Wickramasinghe de atirar na primeira sócia mulher que atravessasse as portas do clube, e de se matar em seguida —, foi permitida a entrada de sócias. Mas, como não investiram em nenhum esforço para atraí-las — quantas mulheres realmente querem jogar bilhar e beber cerveja a noite inteira, e, além do mais, você viu o banheiro feminino? —, um derramamento de sangue imediato foi evitado. E ainda uns trinta anos depois quase que a única ocasião em que se viam mulheres no clube era quando as esposas e filhas apareciam para o tradicional Curry Tiffin do primeiro domingo de cada mês. Em noites de semana, nunca.

Todos os olhos se voltaram para a jovem de braços dados com Harry. Ela era, como tenho certeza de que você já adivinhou, a filha mais nova da irmã da esposa de seu primo, Elvira — a mimada, a bonita, a não casada, mas noiva, que, assim que seu noivo voltou para Dubai, telefonou para o tio Harry para ver se ele não queria fazer alguma coisa. Depois que fizeram alguma coisa, ele disse que gostaria de tomar um drinque e ela disse que estava enjoada do ambiente asfixiante do velho Hilton e que seu irmão Sanjay estaria com certeza no clube, então por que não ir tomar um drinque lá para variar? Seria uma farra.

O irmão (o mesmo Sanjay Bashu que se manifestara, no bar, há apenas uma hora e meia, depois de assegurar que Patel venceria a aposta do peido, com doses generosas de fomentação interna de J. Walker, e desde então estivera dosando sua decepção) disse que estava feliz em vê-la.

— É sério, estou realmente feliz, Wee Wee. Realmente, mesmo. Muito, muito feliz.

Harry caminhou em direção ao bar e deixou a bela sobrinha lembrando, aos sussurros forçados no ouvido do irmão embriagado, que ele não deveria mais chamá-la por aquele apelido tolo e que, se fizesse isso mais uma vez, ela talvez fosse obrigada a contar certa história sobre certo hírax de estimação. Na mesa próxima ao bar, ele viu quatro homens, três olhavam fixo em sua direção, um fixava um ponto distante com o olhar. Ele reconheceu apenas um dos homens.

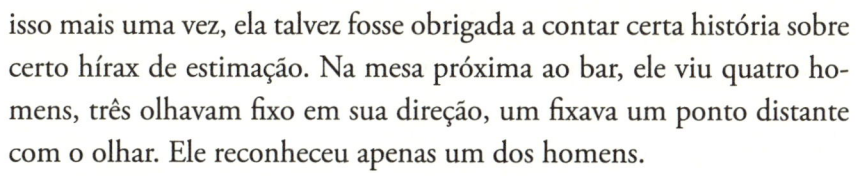

— Malik, que bom ver você novamente!

Não havia nada que o senhor Malik pudesse fazer, não tinha para onde fugir. Virou-se na direção de Harry Khan, sorriu educadamente e apertou a mão que lhe foi oferecida.

— Ah, Harry.

Patel, A.B. e Tiger estavam impressionados e intrigados, porque a garota, tendo terminado de dar sua bronca em Sanjay Bashu, estava agora se requebrando na direção deles com um vestido cujo corte e cuja falta de capacidade de cobrir o corpo eram de um tipo que raramente se via em Nairóbi, quanto mais no Clube Asadi. E intrigados porque aquele era o Harry Khan em quem Malik estivera tão interessado, não era?

— Lugar extraordinário — disse Harry, dando aquele seu sorriso branco. — Adorei. É aqui que você costuma vir, hein, Malik? Estava me perguntando por que eu não tinha visto você no Hilton. Conhece minha sobrinha Elvira? Elvira, este é meu velho amigo Malik. Fomos colegas de turma na escola.

Mais apertos de mão.

— Ei, Malik, qual era mesmo o seu apelido?

— Meu apelido?

— É, você sabe, na escola.

— Na escola? — O senhor Malik sentiu o suor brotar gelado na sua testa. — Não me lembro. Deixe-me apresentar...

— Mack, era esse. Não. — Harry olhou para o teto tentando se recordar. — Droga, vou me lembrar em algum momento. Quem são mesmo os seus amigos?

Depois de feitas algumas apresentações, drinques pedidos e algumas perguntas respondidas sobre o que trazia Harry de volta e como estava sua mãe, o senhor Patel virou-se com um sorriso inocente para Elvira.

— Não imagino que você se interesse por aves, ou se interessa? — E tomando o silêncio dela como um consentimento, prosseguiu: — Você devia pedir ao Malik para contar sobre os seus hadadas.

O senhor Malik estava pronto para atacar com uma explicação inteiramente ornitológica quando Harry o venceu.

— Pássaros, meu bem — disse. — Enormes pássaros marrons. Descobri muitas coisas sobre os pássaros neste último fim de semana, sabe?

O aborrecimento do senhor Malik com a travessura do amigo Patel de tentar deixá-lo numa situação embaraçosa foi imediatamente substituído por outro sentimento inteiramente diferente.

Pássaros? Onde? Com quem?

— Vocês conhecem Rose Mbikwa? — continuou Harry. — Existe alguma coisa que ela não saiba sobre os nossos amigos de penas? Vocês sabiam que é possível observar duzentas espécies de pássaro só em Nairóbi? E, rapaz, como ela dança.

Dança? *Dança?*

13

— Dança? — disse perplexo o senhor Malik. — Rose Mbikwa... com Harry Khan?

— É, dança. Rock-'n'-roll. Rapaz, aquela garota tem um suingue. Sabe aquela jukebox que tem no Hilton? Uma daquelas bem antigas e com músicas tão antigas quanto ela? Bill Haley, Little Richard, e até o próprio Big Bopper. Taí, talvez eu devesse convidá-la para este baile que vai ter aqui... como é que se chama mesmo, meu bem?

— Está falando do Baile do Clube de Caça, tio Harry?

— Esse mesmo. Sabem onde consigo duas entradas?

— Não consegue. — O senhor Malik não queria dizer aquilo. As palavras simplesmente escaparam. — Acabaram. Venderam tudo. E de todo modo você teria que ser sócio.

— Sócio do quê? — perguntou o senhor Patel.

— Do clube. Clube Karen. Foi o que ouvi falar.

— Que nada, meu velho — disse o senhor Patel. — Eu mesmo já fui a esse baile.

— Ah... Mas elas devem ser todas reservadas. Não devem, Tiger?

Embora Tiger não fizesse a menor idéia do que estava acontecendo, não pôde ignorar o olhar suplicante do amigo.

— É... sim... bom... é bem possível. Se é o que você diz, Malik, velho amigo.

— Ah, não se preocupe, tio. Sanjay vai dar as dele para você. Tenho certeza de que ele dá se eu pedir com jeitinho.

Parece que o irmão de Elvira, Sanjay, já comprara quatro entradas e o noivo dela prometera voltar de Dubai para levá-la ao baile, no fim de semana. Não se podia fazer mais nada.

— De qualquer forma — disse o senhor Malik —, você não pode convidar a senhora Mbikwa.

— Por que diabos não posso? — perguntou Harry.

— Não pode — respondeu o senhor Malik —, porque já escrevi para ela convidando-a.

Foi o senhor Patel quem fez a pergunta que simultaneamente brotou na cabeça de todas as pessoas que estavam na mesa.

— Você?

O senhor Malik assentiu.

Foi o senhor Gopez quem fez a pergunta seguinte.

— O que foi que ela respondeu?

— Ela... — O senhor Malik quase disse que ela não havia respondido. Durante nove dias o convite a Rose fora um segredo seu, e durante nove dias uma pequena chama de esperança ardera em seu coração. Era difícil, mas era possível — possível, apenas — que ela aceitasse. Ele só tinha que receber as entradas e postar o convite. Mas agora que o segredo estava descoberto, a coisa toda se revelou para ele como aquilo que temera todo o tempo. Era uma piada, uma piada patética e sem esperanças. E ele, Malik, era uma piada ainda maior. Mas, apesar dos olhares nos rostos que estavam ali diante dele, aquela pequena chama ainda não se extinguira completamente. Havia algo dentro dele, algo no fundo do seu coração, que lhe garantia que o convite a Rose Mbikwa para que o acompanhasse ao Baile do Clube de Caça não era uma piada. Era uma oferta sincera, era uma cortesia feita com honestidade, e não importava o que qualquer outra pessoa pudesse pensar, Rose Mbikwa saberia disso.

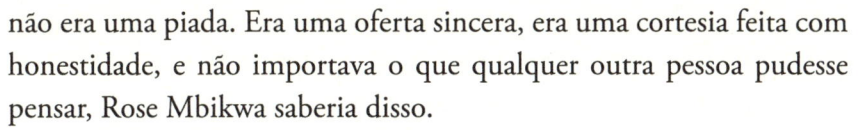

— Ainda não coloquei no correio.

A um momento de silêncio seguiu-se um grito entusiasmado de Harry Khan.

— Ainda não colocou no correio? Que tipo de convite é esse?

— Eu ainda não... Ainda não pude fazer isso. Está tudo preparado, no entanto. E já encomendei as entradas.

— Deixa ver se eu entendi — disse Harry. — Você não tem as entradas, e não mandou o convite.

— É, mas...

— Poupe seus selos, Malik. Vou telefonar para ela agora.

Foi Tiger quem falou.

— Antes que qualquer telefonema seja dado ou qualquer carta seja postada, cavalheiros, um momento de reflexão pode ser apropriado.

— O que há para refletir? — indagou Harry. — No amor e na dança tudo é justo. Certo, amigos?

— Há alguma verdade no que o senhor diz, senhor Khan — disse Tiger. — Mas Malik parece ter direito a reclamar prioridade nesta questão.

— Não vejo qual é o problema — disse o senhor Gopez. — Por que não podem os dois convidá-la?

— Porque, A.B., isso colocaria a dama numa situação muito embaraçosa. *A fronte praecipitium a tergo lupi*, à frente o precipício, às costas, os lobos, se entendem o que digo. Ela não pode aceitar os dois convites, mas pode ser desagradável ter que recusar um deles. Tive a honra de conhecer a dama em questão. Ela é sem dúvida uma mulher de rara virtude e distinção. O que torna ainda mais importante, estou certo de que os senhores concordam, que os sentimentos dela não sejam postos à prova numa escolha tão ingrata.

— Está dizendo que nenhum deles deve convidá-la?

— De jeito nenhum, A.B., de jeito nenhum. Um deve convidá-la, mas não os dois. Do modo como vejo as coisas, e estou certo de que nossos amigos concordarão comigo, é nosso dever como cavalheiros proteger um modelo de perfeição da feminilidade de um julgamento como este. E, ouso dizer ainda, que é nosso dever como membros do Clube Asadi.

— Está sugerindo exatamente o quê, Tiger?

— Estou sugerindo, A.B., que deve haver uma maneira justa de decidir quem deve ter a honra de fazer o convite.

— Maravilha. — Harry Khan estava sorrindo de orelha a orelha. — Então o que vai ser: pôquer, bilhar, queda de braço?

— Contar hadadas? — sugeriu Patel, sem conseguir conter uma risadinha.

Assim como dizem que um homem se afogando se agarra a um pedaço de palha, neste redemoinho de constrangimento e confusão o senhor Malik se agarrou a esta palavra.

— Isso, é isso — disse ele.

— Isso o quê? — perguntou o senhor Gopez.

— Pássaros.

— Pássaros? — indagou Tiger.

— Ah, compreendo — disse o senhor Gopez. — Um pouco de presságio, é o que você quer, algo divinatório? Espalhem as vísceras e vejamos o que elas dirão?

— Não, uma disputa, uma competição. Contar pássaros. Quem consegue identificar a maior quantidade de espécies de pássaros em... em uma semana, digamos.

— Acho que compreendo, meu velho amigo Malik — disse o senhor Patel. — Se você ganhar, manda aquele convite para o Baile do Clube de Caça pela caixa de correio. Se perder, o Khan aqui poderá discar o número dela.

— Esta pode realmente ser a solução que estávamos procurando — disse Tiger. — Mas *Audi et alteram partem*, ouça-se também a outra parte, não é mesmo? Precisamos saber o que Khan tem a dizer.

Harry Khan abriu lentamente um sorriso. Diabos, isso pode ser até mais divertido do que Elvira.

— Talvez você veja aquele bispo-de-testa-preta desta vez, hein, Malik? E, ah, sim, agora me lembro qual era o seu apelido. Não era Mack, era Jack. Certo?

O senhor Malik estremeceu.

— Está certo, Jack, fechado. Pássaros então.

— Pode ser que tenhamos um pequeno problema aqui, Tiger — disse o senhor Patel. — Um dos participantes potenciais nesta disputa não é, até onde sei, sócio deste clube.

— Que seja indicado — disse o senhor Malik.

— Apoiado — disse A.B. Gopez, num tom de voz um tanto alto.

— Registre-o, senhor Patel — pediu Tiger. — Registre-o.

Fuselo

14

— Devo dizer primeiramente, companheiros membros do clube, e dando especiais boas-vindas ao nosso mais novo membro, que grande honra é, para mim, ter sido chamado para auxiliar na questão entre Malik e Khan.

Depois de passar o restante da noite anterior deliberando com as partes mencionadas e a manhã seguinte em seus aposentos com o senhor Patel e o senhor Gopez (os três se voluntariaram para formar o comitê *ad hoc* que supervisionaria a disputa), Tiger estava pronto para anunciar as "regras do compromisso" para todo o Clube Asadi, que estava lotado. Tirou um documento de dentro de sua maleta e o colocou na mesa à sua frente.

— Mas *a posse ad esse*, da possibilidade à realidade, vamos direto ao ponto. — Ele limpou a garganta e retirou uma fita cor-de-rosa que embrulhava uma série de folhas de papel. — Ficou acordado que os dois membros, agora diante de nós, o senhor Malik e o senhor Khan (que daqui por diante serão chamados de "os protagonistas"), participarão de um desafio. O vencedor terá o privilégio de convidar a senhora Rose

Mbikwa (que daqui por diante será chamada de "a dama") para ir ao Baile do Clube de Caça de Nairóbi do dia 25 do próximo mês de novembro. A parte perdedora concorda em privar-se de fazer tal convite a não ser e até que a dama em questão dê uma firme resposta negativa ao primeiro convite. As partes também concordaram que entre agora e o momento em que o desafio se encerrar não podem estabelecer contato (pessoal, telefônico ou epistolar, nem por meio de uma terceira pessoa, nem por meio algum) com a dama anteriormente referida.

Tiger passou os olhos pelo público que se juntara para escutá-lo, e os voltou em seguida para o documento em suas mãos.

— O conteúdo do desafio é o que se segue — prosseguiu ele. — O prazo começa ao meio-dia de amanhã, sábado, 14 de outubro, e se encerra ao meio-dia de sábado, 21 de outubro; nesse período cada um dos protagonistas fará uma lista de todas as espécies de pássaros que for capaz de identificar em primeira mão. O protagonista capaz de identificar o maior número de espécies durante esses sete dias será considerado o vencedor do desafio. O resultado será decidido pelo comitê *ad hoc* do desafio (daqui por diante referido como "o comitê"), cujo julgamento será irrecorrível. A decisão será divulgada o mais rápido possível depois do meio-dia do último dia do desafio, que é, portanto, sábado, 21 de outubro. Cavalheiros, os senhores estão de acordo até o momento?

O senhor Malik assentiu formalmente ao mesmo tempo que Harry Khan dizia "pode apostar" e eram ouvidos murmúrios do bar lotado.

— Neste caso, as regras do desafio, que deverão ser respeitadas por ambos os protagonistas, são as seguintes:

"Um: as espécies de pássaros serão reconhecidas de acordo com o *Catálogo Oficial de Pássaros da África*. Subespécies não serão válidas, mesmo que estejam descritas como espécies em publicações mais recentes.

"Dois: os pássaros deverão estar vivos e sem machucados no momento da identificação.

"Três: os pássaros deverão estar em estado natural, e de modo algum engaiolados, acorrentados ou confinados de alguma outra maneira.

"Quatro: a identificação deverá ser visual. Identificações por meio de pio, vestígios, excrementos ou vômitos, ninhos ou penas soltas não serão permitidas.

"Cinco: está estritamente proibido o uso de iscas, atrativos, pássaros acorrentados ou sons gravados anteriormente para atrair os pássaros.

"Seis: auxílios óticos como óculos, binóculos, telescópios e outros dispositivos passivos podem ser usados sempre. Câmeras (fotográficas ou digitais), equipamentos de vídeo (incluindo equipamentos de visão noturna) ou equipamentos eletrônicos de qualquer outro tipo estão estritamente proibidos.

"Sete: todos os locais de observação devem ficar a no máximo um dia de viagem do Clube Asadi, e dentro das fronteiras territoriais da República do Quênia, incluindo as ribeirinhas, lacustres e ilhas costeiras.

"Oito: para que se possa averiguar o cumprimento da regra acima, cada protagonista deverá apresentar-se no Clube Asadi entre as sete e oito horas da noite, e não mais tarde do que oito da noite, em cada dia durante os quais os procedimentos do desafio estiverem em andamento.

"Nove: nesta hora, em cada dia, eles deverão informar a um dos membros do Comitê sobre os pássaros que observaram naquele dia. O membro do Comitê irá adicioná-los à Lista Principal, que será postada junto com uma cópia deste acordo, no quadro de avisos do clube.

"Dez: ambos ou cada um dos protagonistas poderão apelar ao Comitê durante o horário de sete a oito da noite de qualquer dia durante o desafio para consultar as regras ou o conteúdo do mesmo. As decisões do Comitê estarão disponíveis aos dois protagonistas e seu julgamento será final."

Tiger Singh olhou por cima do documento.

— Cavalheiros, estão dispostos a proceder segundo estas regras?

— Estou — disse o senhor Malik.

— Claro — disse Harry Khan.

— Eu tenho mais duas coisas a dizer. Primeiramente... — e Tiger examinou o público com sua inteira autoridade magistral — que, de acordo com a ética estabelecida, este assunto não deve ser discutido fora do clube. Lembrem-se, todos vocês, de que há uma dama envolvida. Em segundo lugar, o Comitê deseja anexar a seguinte observação. Em um caso desta espécie, a coerção rígida das regras é impossível. Um resultado justo depende absolutamente da honestidade e da integridade dos protagonistas, tanto como homens de palavra quanto como membros do Clube Asadi.

Tiger Singh olhou nos olhos dos dois homens. Desta vez Harry Khan não estava sorrindo.

— *Audentes fortuna juvat*, a sorte ajuda os audaciosos, cavalheiros. Que vença o melhor homem.

Durante a noite inteira, em sua cama solitária, o senhor Malik agitou-se em ondas de revolta, de preocupação e de arrependimento. Ah, Malik burro. Ah, Malik imprudente e precipitado. O que o teria inspirado a propor tamanho desafio? Como podia ter esperança de vencer? Mas agora já estava feito, e a honra obrigava-o a fazer das tripas coração. Quantos pássaros diferentes existem no Quênia? Mais de mil, não era isso? Ele não poderia viajar para longe da cidade — compromissos eram compromissos. Quantos se podem ver por perto de Nairóbi? Duzentos? Trezentos? Onde deveria ir? O que deveria fazer? Por que, meu Deus, por que escrevera aquele convite para Rose Mbikwa, para início de conversa?

Harry Khan, depois de mais uma noite na cidade com sua amável sobrinha, dormiu bem. Apareceu tarde no restaurante do hotel para o café da manhã, embora não tão tarde que não visse algumas outras pessoas que ainda se debruçavam sobre o bufê. Ele já tinha um plano. Depois de sua pequena omelete diária, com café e croissant, iria calmamente até o balcão de viagens e pediria que organizassem para ele alguns safáris de um dia. Com os guias certos, com certeza veria muitos pássaros. Merecia umas férias. Os negócios podiam esperar. Isso seria divertido.

Agora, se ao menos conseguisse lembrar *por que* eles costumavam chamar o velho Malik de "Jack"...

Garça-branca-grande

15

Dentre os demais hóspedes que estavam tomando café um pouco mais tarde no restaurante do Hilton, Harry reconheceu David e George, que são, vocês vão se lembrar, a dupla de australianos que apareceu na caminhada dos pássaros de terça-feira e cuja abundância de bolsos os identificou imediatamente como turistas. Só para detalhar um pouco mais a descrição dos dois, David e George (o barbudo) são o que se chama, na área de turismo, de ecoturistas. Para eles, os cruzeiros luxuosos pelo Caribe ou a excursão guiada pelas nove grandes cidades medievais da Europa Oriental não tinha graça. Nas férias de seu trabalho em Sidney, como professores de desanimadas crianças do ginásio da escola Wooloomooloo High, onde ensinam a língua de Shakespeare, Dylan Thomas e Les Murray, eles preferem usar seu tempo e dinheiro suado visitando a Antártica para ver focas e pingüins, os Galápagos para ver as tartarugas e tentilhões, ou os Andes para ver lhamas e condores. No final de mais um período de 12 semanas de trabalho, eles vieram ao Quênia não para ficar à toa no mar morno do oceano Índico nem para conhecer as plantações de chá e café da região montanhosa, mas para ver a vida selvagem.

Pois não é sem motivo que o Quênia é a capital mundial do safári. Se o que você quer ver são elefantes, leões, rinocerontes e hipopótamos, o Quênia é o lugar certo. O país é o paraíso da vida selvagem e hoje em dia, graças em parte a Rose Mbikwa, há um grande número de gente preparada para ajudá-lo a abrir os portões para ela — hoteleiros, guardas florestais, motoristas, pilotos e guias. David e George, eles próprios, tinham acabado de voltar de um safári curto ao Maasai Mara, onde, de um balão, testemunharam a famosa migração de um milhão de gnus e zebras através das planícies, e à noite puderam ver um bando de leões reduzir aquele milhão à metade — uma de cada espécie. Inicialmente não tinham vindo para observar pássaros, mas, depois do passeio ao MEATI na terça-feira anterior, tinham ficado bastante entusiasmados. Foi para este assunto que o café da manhã se voltou depois que Harry Khan juntou-se a eles e contou sobre o seu desejo de dar inicio a uma séria aventura de observação de pássaros.

— Nós vimos cento e oitenta e isso em apenas alguns dias — disse George.

— Fizemos uma lista dos que vimos — disse David, passando manteiga em seu terceiro croissant. — Eu estava esperando ver os elefantes e leões, mas não imaginava que houvesse tantos pássaros.

— Imagine você que o nosso motorista era muito bom em localizá-los. Não era, Davo? Olhos de águia.

— Nem sempre sabia os nomes, mas sempre dá para reconhecê-los no livro.

— E nós nem estávamos procurando por eles, não é, Davo? Uma maravilha. Digo, foi exatamente como durante aquela caminhada, a que fomos com você outro dia, Harry. Quantos pássaros vimos aquele dia? Umas quarenta ou cinqüenta espécies, em apenas duas horas.

— Mas parece que você tem pouco tempo. Quantos dias mesmo?

— Sete dias — disse Harry. — Até o próximo sábado.

— Espera aí, Davo. Só vamos pegar o avião de volta...

— Você está dizendo que a gente podia...

— Ótima idéia.

— Pode ser divertido, imagino.

— O que você acha, Harry?

— Estou achando um pouco difícil acompanhar a conversa, companheiros.

— O que Davo está dizendo é que nós ainda temos mais uma semana aqui — explicou George.

— É. Podemos formar um grupo.

— Ir a lugares, procurar pássaros. Tsavo, Amboseli, talvez até a costa. O que acha?

Harry sorriu.

— Acho ótimo.

Na manhã seguinte à noite da aposta dos pássaros encontramos o senhor Malik no seu lugar habitual na varanda de casa em Garden Lane, com o Nescafé matinal à sua frente sobre a mesa, enquanto Benjamin varre, varre, varre os cantos.

Ainda não descrevi os efeitos que a contagem de peidos — desculpe, de hadadas — de dois dias atrás surtiu em Benjamin. No final daquele dia, Benjamin estava praticamente convencido de que seu patrão era, como se diz naquela parte da África, doido como um inglês. O que poderia ter sido visto no começo como mera excentricidade — se o senhor Malik queria contar hadadas ou qualquer outro pássaro ele tinha todo o direito de o fazer — logo se manifestou como um sintoma de algum mal mais grave. Benjamin demorou apenas seis minutos para se dar conta de que os hadadas que o senhor Malik estava contando só existiam na cabeça dele (o fato de que isso era acompanhado de uma estranha tendência a peidar sempre que ele achava que tinha escutado um hadada era provavelmente, pensou Benjamin, só um motivo menor de preocupação). Mas qualquer um com tantos grandes pássaros marrons voando na cabeça, e com tantos gases na bunda, não era evidentemente uma pessoa que estivesse bem. Benjamin não pôde deixar de se lembrar da mulher do vilarejo em que ele cresceu, que durante uma conversa aparentemente normal começava a agarrar objetos invisíveis no ar e a colocá-los no seu avental. Talvez ele devesse conversar com a filha do senhor Malik sobre isso. Ela sempre lhe pareceu uma pessoa gentil e simpática.

Se os medos e as preocupações de Benjamin naquela manhã podiam ser comparados a uma coceira, os do senhor Malik eram como uma dor de dente. O que, senhor, o que ele podia fazer? Não tinha a menor idéia. E quando, três horas depois, se deu conta de que era a hora de entrar no velho Mercedes e ir para o clube para o início da competição, ainda não tinha idéia do que fazer — nem a mais leve idéia lhe ocorrera.

Para um sábado de manhã o estacionamento estava estranhamente cheio. O senhor Malik ficou surpreso ao ver Harry Khan já no bar — não percebera o conversível vermelho do lado de fora. Patel e A.B. estavam sentados em sua mesa habitual, mantendo uma distância respeitosa do protagonista como convinha à posição deles enquanto membros do Comitê Especial. Vestido com roupas casuais de fim de semana, assustadoramente vibrantes, adentrou o Tiger.

Se você já esteve em alguma luta de boxe ou em alguma briga de galo pode ter uma boa idéia do barulho de excitação que atravessava o clube. Quando os ponteiros do velho relógio sobre o bar marcaram cinco minutos para o meio-dia, Tiger se levantou e pediu silêncio. Lembrou ao público a natureza grave e magnífica da tarefa que aqueles dois respeitados membros do Clube Asadi tinham pela frente. Atenas e Esparta, Roma e Cartago, Davi, Golias e Winston Churchill foram mencionados para dar suporte à sua causa. De fato, tão tomado estava Tiger pela própria eloqüência que pareceu não perceber a hora. Mas isso não foi problema, pois Sanjay Bashu pedira emprestado em algum lugar uma pistola para dar início ao jogo e, quando o ponteiro dos minutos atingiu o topo do relógio, ele a tirou do bolso. Apontando a boca da arma para o teto, puxou o gatilho. Não aconteceu nada, mas a animação da torcida deu o sinal para Harry Khan acenar para o enorme público e se dirigir para o estacionamento onde um ônibus Nissan de safári estava agora ligando os motores, com o motorista no volante. George e David puxaram Harry para dentro do veículo e bateram a porta. Com uma cantada de pneus e ao som da torcida que agora se agrupava nas escadas da frente do clube, o ônibus partiu em direção a sei lá que Meca secreta de esconderijo de pássaros que fora escolhida para aquela tarde de busca de aves. Foi neste momento que Sanjay Bashu descobriu que havia uma trava de segurança na pistola e puxou o gatilho novamente. O barulho do tiro ecoou nas paredes do Clube Asadi como se fosse o tiro de uma espingarda de caçar elefantes, seguido de uma cacofonia de agitações e rangidos vindos de uma árvore maru alta no canto do estacionamento.

— Hadadas — gritou o senhor Patel, caindo numa crise de riso tão forte que precisou da ajuda de A.B. Gopez para subir as escadas e chegar ao bar.

gralha – seminarista

16

Sentado naquela tarde em sua varanda, no número 12 da Garden Lane, o senhor Malik virou uma nova página no seu caderno de anotações. Fez uma pausa, ouviu e levantou os olhos para os crótons no final do jardim.

"Primeiro dia", escreveu. E embaixo: "Hadada."

Ele nunca devia ter contado aos amigos no clube a história do hadada — principalmente a Patel. Com um suspiro, colocou de lado o lápis e o caderno. Havia tanta coisa que nunca deveria ter feito... Nunca deveria ter proposto o desafio, nunca deveria ter contado a eles sobre Rose Mbikwa, nunca deveria ter escrito aquela carta convidando-a. Seus suspiros viraram um gemido. Nunca deveria ter nascido.

Uma gralha-seminarista saltou ruidosamente pelo telhado e deslizou até o gramado, aterrissando com o seu habitual grasnar e bater de asas. Ele a encarou durante vários segundos, depois apanhou novamente o caderno e o lápis. Das buganvílias, no lado oposto, surgiram dois rabos-de-junco, que se alvoroçaram até um figo decorativo e começaram a voar um atrás do outro por entre os galhos. Não se parecem com ratos como seu nome em inglês, *mousebird*, sugere, mas também não se parecem com pássaros. Rabos-de-junco podiam ser vistos praticamente em qualquer lugar. Quem pode imaginar as maravilhas ornitológicas que Harry Khan estava observando onde quer que estivesse? Águias, avestruzes, secretários? O senhor Malik anotou "gralha-seminarista" e "rabo-de-junco-estriado" e se levantou. Se ia passar a tarde sentado ali, devia então apanhar seus binóculos. Quem sabe não conseguia ver um pardal?

Harry Khan não tinha na verdade visto um secretário, uma águia, nem mesmo um avestruz. No momento exato em que o senhor Malik entrava em sua casa no número 12 da Garden Lane para pegar seu binóculo Baush & Lombs, Harry Khan estava sentado na frente do ônibus Nissan, preso num engarrafamento na altura do estádio de futebol na Limuru Road. Estava tão excitado naquela manhã que se esquecera de escutar a rádio 2KJ para se informar sobre as condições do tráfego, e então ficou sem saber que o presidente estava chegando de viagem naquela mesma tarde. Estradas foram fechadas, o tráfego estava sendo desviado; e o resultado era um congestionamento absurdo. Até os matatus, aqueles microônibus superlotados com motoristas cuja habilidade de transitar pelo engarrafamento é geralmente creditada mais à bruxaria do que às leis da física, estavam imóveis.

No Nissan, George e David tentavam tirar o melhor partido da situação. Já tinham mostrado a Harry vários corvos e pombos, e pensaram ter visto um marabu-africano voando alto por cima da cabeça deles, mas não tinham certeza absoluta disso. Depois de uma hora sem sair do lugar, Harry decidiu encerrar a observação de pássaros daquele dia. Ainda não estavam tão longe da cidade, de modo que ele poderia caminhar de volta para o Hilton — ainda dava para ver o prédio alto do hotel recortando o céu atrás deles. Naquele momento, uma chuveirada e algo gelado para beber eram mais importantes do que sair na frente na competição. Abandonando à própria sorte um motorista suado e David e George ainda otimistas — "Estou certo de que o trânsito vai andar logo, não acha, Davo?" —, ele pôs o pé na estrada de volta ao hotel.

A noite caiu rápido em Nairóbi. A apenas um grau ao sul do equador, às 18h é dia claro, às 18h30, noite fechada. O senhor Malik chegou ao clube assim que as luzes do lado de fora foram acesas, ou seja, às 18h15 em ponto. Nas suas mãos estava o caderno no qual anotara os pássaros que vira naquela tarde, tarde que passara inteira no seu jardim. Patel começou a copiar os nomes para uma folha de papel almaço: hadada (riso contido), gralha-seminarista, rabo-de-junco... Tiger chegou logo depois, seguido de perto por Harry Khan, que parecia relaxado e renovado. Embora a caminhada de volta para o hotel não tivesse sido agradável (andar em qualquer lugar dentro da cidade raramente é agradável), tivera tempo de tomar uma chuveirada, nadar um pouco, tirar um cochilo e tomar um drinque antes de pegar o carro e vir até o clube. Ele também passou um caderno para Patel, que o olhou com alguma surpresa, mas não disse nada. Às 18h50, Tiger pediu silêncio no bar.

— Primeiramente, cavalheiros, permitam-me expressar quão contente estou de vê-los aqui; *dimidium facti qui coepit habet*, ter começado já é metade da obra e tudo o mais. E devo perguntar aos senhores, seguindo as regras da competição, se há alguma questão que algum de vocês deseje esclarecer com o Comitê.

O senhor Malik fez que não com a cabeça e virou-se na direção do mais novo membro.

— Eu tenho — disse Harry Khan. — Algum de vocês gostaria de tomar uma cerveja comigo?

Houve muitas gargalhadas, e vários outros membros se voluntariaram, aqui e ali, para se juntarem ao Comitê.

— Senhor Patel — chamou Tiger —, já tem os resultados do primeiro dia?

Patel levantou uma das mãos enquanto checava cada uma das listas.

— Tenho — disse. — Malik, 31. Khan... 3.

Fez-se um silêncio de espanto.

— O senhor disse três, senhor Patel?

Patel leu a lista.

— Gralha, pombo, milhafre. São só estes, embora não haja indicação de que espécie de gralha, pombo ou milhafre, e acho que me lembro que, segundo o catálogo, existem várias de cada.

— Sem dúvida as que ele viu foram a gralha-seminarista, o pombo doméstico e o milhafre-preto — murmurou Malik para o Tiger, que assentiu.

Harry Khan começou a dar uma explicação cheia de detalhes sobre seus planos de passar a tarde no Parque Nacional de Nairóbi, sobre como ficara preso no engarrafamento, e até esquecera de se informar sobre as movimentações de "El Presidente". E o fato de ter sido obrigado a caminhar de volta para o hotel divertiu muito os ouvintes. Com isso, todos ficaram com pena dele e acabaram pagando os drinques em vez de terem os seus pagos por ele. O senhor Malik foi se sentar em sua mesa habitual.

— Estou com pena do pobre e velho Khan — disse Patel —, mas você não foi tão mal, Malik. Não se saiu nada mal. Mantenha este ritmo e suas chances são grandes, não acha, A.B.?

— Não vai dar certo — disse o senhor Gopez. — Pensem bem. Você está fadado a ver todas as espécies mais comuns bem depressa, depois disso sobram as aves mais raras, que são também mais difíceis de serem vistas. É a lei da diminuição.

— É isso mesmo, Malik? — disse o senhor Patel. — O que acha?

O senhor Malik, na verdade, já tinha pensado bastante nisso e em outros problemas. A contagem daquela tarde o surpreendera. Ele já se sentara no jardim antes, evidentemente, e já observara pássaros lá, mas nunca tantos. Por que será? Ele se perguntara. Vira pássaros naquela tarde que jamais vira antes no jardim — um drongo-comum pousou no cabo de telefone, por exemplo, e um pica-pau-cinzento-africano voara de uma árvore a outra. Nem todos os pássaros pararam no jardim, é claro, mas foi impressionante a quantidade que surgiu voando sobre a casa, tão perto que era possível identificá-los — milhafres-pretos, andorinhões-mongóis e andorinhas-dauricas, até um cormorão-manchado voando alto, mas bem reconhecível, vindo Deus sabe de onde e indo Deus sabe para onde. Trinta e uma espécies diferentes, umas cinco por hora — nada mal para uma tarde de trabalho. Neste ritmo, se apenas se sentasse em seu jardim os dias inteiros da semana seguinte, veria quase a metade da avifauna do país. Mas havia uma falha simples nessa lógica, e o senhor Malik a percebera muito antes de A.B. Gopez. Em uma única tarde ele pode muito bem ter visto a maioria dos pássaros locais que seria improvável que visse. Mas, se tinha a intenção de capitalizar essa liderança inicial, teria que ir mais longe no trabalho de campo do que os muros e cercas vivas do número 12 da Garden Lane. O que, dada a natureza dos seus compromissos, não seria fácil.

"Compromissos?" Ouço vocês dizerem. "Que compromissos?", eu já não deixei claro que o senhor Malik está agora semi-aposentado? Não expliquei que a maioria das coisas do dia-a-dia da Fábrica de Cigarros Jolly Man estava agora sob o comando de Petula, a filha competente, mas ainda solteira, do senhor Malik? Então que compromissos são esses capazes de impedi-lo de passar cada um dos seis dias e meio que ainda faltavam andando por aí, para cá e para lá, subindo montanhas e descendo vales, em busca de quantas espécies diferentes de pássaros quenianos pudesse encontrar, para depois cair nos braços da mulher de seus sonhos no salão de festas do Suffolk Hotel? Bem, há o trabalho de caridade — que toma uma quantidade absurda de tempo. Mas há algo mais, algo que o senhor Malik vem fazendo todas as tardes de terça-feira depois da caminhada dos pássaros durante os últimos dois anos e meio. E não há como faltar a esse compromisso.

Agora vou ter que revelar outro segredo do senhor Malik.

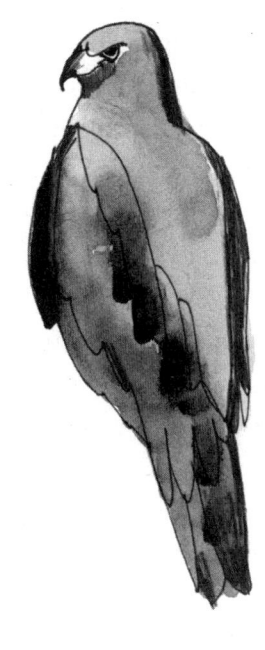

Águia-preta

17

Lembrem-se da sua primeira visita ao Clube Asadi. Vocês certamente lembram que, quando o senhor Malik entrou, o senhor Patel e A.B. Gopez estavam sentados em sua mesa habitual. O senhor Gopez lia o *Evening News* e ficava cada vez mais abismado. Descobrimos que o que estava deixando exaltado não era a manchete nem as últimas notícias do palácio de Buckingham, nem nada no "Pássaros do mesmo ninho", mas sim uma pequena matéria sobre uma pesquisa dinamarquesa sobre... bom, vocês sabem o resto.

Mas, esperem, o que é exatamente este "Pássaros do mesmo ninho"? É uma coluna semanal, aparentemente sobre pássaros e animais selvagens do Quênia, que é publicada toda quarta-feira, na página sete do *Nairobi Evening News*. Não é, na verdade, uma coluna sobre a natureza. É sobre política — ou, para ser mais preciso, sobre políticos.

Se quer conhecer os bastidores das atividades dos parlamentares eleitos, as histórias por trás das histórias, se quer saber a verdade, é lá que vai encontrar o que procura. É onde os escândalos aparecem, as negociatas são reveladas, as cortinas (e, às vezes, lençóis) são levantadas.

Seguindo a tradição de colunas como essas, o autor adota um pseudônimo — "Dadukwa" —, que aqueles com algum conhecimento da mitologia africana reconhecerão como o nome de uma águia-preta que, vendo tudo, mas sem nunca ser vista, espalha as notícias para outros animais. Ninguém sabe a identidade do corajoso jornalista (ou político, ou servidor público, talvez) que se esconde atrás deste pseudônimo. A coluna, datilografada e anônima, é enviada aos escritórios do *Nairobi Evening News* todas as quartas-feiras pela manhã na primeira postagem. Ela tem chegado todas as quartas sem falta nos últimos dois anos e meio, e se tornou tão popular que 15 mil cópias extras do jornal são impressas neste dia.

Mas, evidentemente, um editor de jornal responsável deve conhecer a identidade de todos os redatores que ele publica. O que aconteceu foi o seguinte: há cerca de três anos, o editor do *Evening News* recebeu por correio uma pequena mensagem datilografada:

"Por que não tem uma coluna sobre história natural?" dizia. "Gostaria que eu escrevesse uma para você?"

O bilhete era assinado com um garrancho ilegível sobre um nome datilografado: senhor Dadukwa. O endereço era uma caixa postal nos Correios e Telégrafos de Nairóbi. O editor pensou um pouco e depois ditou uma resposta para o seu secretário dizendo que, embora uma coluna como aquela pudesse se encaixar bem no *Evening News*, ele lamentava, mas era preciso obedecer às regras do sindicato, respeitar a ética do editor, e havia ainda os custos de impressão — não dispunha de verba para pagar esse tipo de material. O correio da quarta-feira seguinte trouxe outra carta datilografada, junto com uma pequena matéria sobre os pássaros que podem ser observados dentro do Arboreto Nacional e nas suas redondezas. O título era "Pássaros do mesmo ninho". A matéria parecia inofensiva e muito bem escrita. O editor a entregou ao subeditor e não pensou mais no assunto.

A coluna foi publicada e, na semana seguinte, o editor recebeu uma descrição dos elefantes que se costumavam achar no Parque Nacional de Nairóbi e esta ele também publicou. E assim foi. Todas as manhãs de quarta, uma matéria chegava pelo correio — sobre elefantes ou babuínos ou abutres ou o que quer que fosse —, o editor passava os olhos, entregava ao subeditor e a matéria era publicada no jornal da tarde. É com isso que, no final das contas, todo editor sonha: matérias de graça que cheguem regularmente. Talvez algum dia viesse a conhecer este senhor Dadukwa, mas não tinha nenhuma pressa.

Alguns meses depois ele estava saindo da reunião de quinta-feira do editorial.

— Excelente coluna a de ontem, chefe — disse um dos repórteres.

Com pressa para encontrar uma nova amiga na cidade, ele respondeu apenas "É, que bom", de modo que só mais tarde, naquela manhã, quando estava deitado na cama com esta nova amiga, fumando um bem merecido cigarro, foi que lhe ocorreu que a única coluna regular impressa só às quartas-feiras (um dia notoriamente fraco de notícias, seja em Nairóbi, seja em Nova York) era a coluna "Pássaros do mesmo ninho".

— Você lê a coluna sobre natureza? — perguntou à sua nova amiga.

Ela disse que não, mas que tinha um exemplar do jornal de quarta. Abriram juntos na página sete e leram uma matéria sobre chacais e hienas brigando pelo corpo de uma gazela morta enquanto o leão, que matara a gazela, olhava a cena com aparente indiferença. Um abutre aparece. Era só. "Argh", disse a nova amiga. O editor vestiu as calças e voltou para o escritório.

Duas semanas depois ele pegou dois de seus jovens gerentes de propaganda se divertindo com outra matéria da página sete do jornal de quarta-feira.

— Esta está uma delícia, chefe — disse um deles.

Ele apanhou o jornal das mãos deles e leu, em "Pássaros do mesmo ninho", uma história sobre um hipopótamo e um marabu-africano.

— Alguém pode me dizer o que está acontecendo aqui?

Ficou a cargo de seu repórter de política e editor da seção de opinião do leitor explicar a ele que a coluna "Pássaros do mesmo ninho" não era sobre o que parecia ser. Embora pudesse ser lida como uma coluna levemente idiossincrática sobre natureza, era, na verdade, uma paródia, uma sátira. O leão, quem mais podia ser senão o presidente? O hipopótamo, evidentemente, pela aparência, devia ser o ministro da Agricultura e do Turismo. O marabu era o ministro da Defesa; a jibóia, o secretário das Relações Exteriores; a hiena, o ministro das Forças Armadas; o porco-formigueiro, sua esposa barulhenta e totalmente detestada pela população. Os bandos de gazelas, zebras, gnus etc. poderiam, cada um deles, ser identificados com algum agrupamento ou aliança tribal, e assim por diante. E ele já dera uma olhada nos gráficos de vendas de exemplares que eram colocados em sua mesa todas as semanas? A estrela ascendente das quartas-feiras só podia significar uma coisa: a coluna era popular.

O editor pensou que seria melhor descobrir quem estava escrevendo aquilo. No início suspeitou que podia ser alguém de dentro do jornal. Na manhã seguinte, na reunião do conselho editorial, começou se referindo ao brilhantismo da coluna — perguntando-se quanto tempo os outros teriam levado para perceber a piada —, mas agora estava na hora de o escritor se revelar e buscar a recompensa. Ninguém se levantou, ninguém falou.

— Vamos lá, cavalheiros. Tem que ser um de vocês, e é justo que o escritor seja pago pelo seu bom trabalho.

Todos olharam em volta, uns para os outros, mas ninguém disse nada.

— Compreendo — disse o editor, e compreendia mesmo. Embora houvesse liberdade de imprensa no Quênia, o governo democrático do país, assim como muitos governos tanto democratas quanto não democratas, não vê isso como uma vantagem. Como o editor (e Rose Mbikwa) bem sabiam, há muitas maneiras de silenciar as críticas e, para uma pessoa que decide falar o que pensa, o anonimato prudente pode bem ser preferível a uns xelins extras no salário. No Quênia, as pessoas ainda desapareciam. Mas seria possível que o escritor não estivesse mesmo ali entre eles? O editor procurou a primeira carta do senhor Dadukwa, datada do dia 16 de fevereiro (seu redator-chefe do editorial de política, um homem que pertence ao grupo étnico

Akamba, já explicara a ele o significado do pseudônimo). Um repórter iniciante foi destacado para encontrar o dono da caixa postal e descobriu que um senhor J. Aripo a alugara desde abril. Teve, então, a clara convicção de que, se não descobrisse quem estava alugando a caixa postal, em 16 de fevereiro, podia dizer *kwaheri* à sua carreira de jornalista. Três horas e muitas centenas de persuasivos xelins depois, voltou à redação do jornal com a notícia de que a caixa postal tinha sido alugada de fato para um senhor Dadukwa, que, conforme lembrava o funcionário dos correios, era um homem jovem, ou talvez de meia-idade, de aparência africana ou asiática, vestido numa roupa escura, mas definitivamente sem nenhuma deformação ou impedimento de fala.

Isso significou muito pouco para o editor, mas você sem dúvida reconhecerá como uma descrição misteriosamente acurada do... senhor Malik.

Papa-figos

18

Existe uma doença agonizante, mas não rara, que ataca presidentes e outros líderes mundiais, conhecida como "Preocupação com a África". Geralmente se adquire este mal em países estrangeiros, em reuniões de cúpula sobre a pobreza ou sobre as doenças do mundo, e dentre os seus sintomas característicos podem-se observar pontadas agudas de culpa com relação à discrepância entre a riqueza do primeiro e do terceiro mundos, pressentimentos desconfortáveis em algum lugar abaixo do estômago de que talvez o capitalismo desenfreado não seja a força benevolente para que constantemente nos garantem que é, e freqüentes ataques de chamados para que algo-seja-feito. O melhor remédio é invariavelmente uma forte dose de crise doméstica.

Durante a fase inicial do seu segundo mandato, o presidente norte-americano Clinton sofreu um curto, mas intenso ataque da doença e, antes que a jovem Monica aparecesse para administrar a cura, ele não só tinha criado um Comitê Especial do Senado para a África como mandara também para o continente seu amigo, e assistente de confiança, o doutor Ronald K. Dick, numa missão de cinco dias para apurar fatos. O extenso itinerário do doutor Dick incluía quase nove horas inteiras no Quênia.

Depois de ouvir seu relato, de volta a Washington, o Comitê Especial do Senado concluiu que sem dúvida era necessário enviar mais ajuda financeira para a região, mas que esta ajuda deveria estar vinculada a várias medidas eficazes recomendadas pelo doutor Dick (embora, é claro, só se isso fosse da livre vontade dos governos concernentes). No alto da lista destas medidas para o Quênia estava a reestruturação da organização dos transportes ministeriais. Durante sua breve mas minuciosa visita ao país, a Embaixada Americana em Nairóbi forneceu ao doutor Dick um carro e um motorista da sua frota de automóveis. Cada um dos ministros do governo queniano, percebeu ele, tinha seu próprio automóvel e motorista particular. O carro e o motorista deviam ficar à toa boa parte do dia — enquanto o ministro estava no parlamento ou em seu escritório ministerial, ou almoçando ou onde quer que ele quisesse passar seu tempo. Seria evidentemente mais eficaz se o carro e o motorista pudessem ser usados de outra maneira durante esses períodos de ociosidade, e a forma de garantir isso seria um rodízio de carros, como o que usam na boa e velha embaixada americana. Os senadores norte-americanos ficaram tão impressionados com esta recomendação simples, mas eficaz, que fizeram dela a principal condição para futuras ajudas ao Quênia. Sem rodízio de carros, nada de dinheiro. O soberano governo da República do Quênia concordou livremente com esta condição. Dentre as pessoas afetadas pela decisão deles estava Thomas Nyambe, que vocês conheceram previamente como o companheiro do senhor Malik na caminhada dos pássaros.

Thomas Nyambe fora até então o motorista particular do ministro da Educação. Às seis horas da manhã, todos os dias, exceto aos domingos, ele chegava de matatu na casa do ministro. Lavava o carro e levava as crianças para a escola (sim, mesmo aos sábados, a maioria das crianças em Nairóbi vai à escola). Durante o resto do dia ele ficava à disposição do ministro — às vezes o levava para o escritório, ou para o parlamento, ou para qualquer lugar que o trabalho ou o desejo do ministro exigisse. Agora seu horário de trabalho mudara. Num único dia, qualquer que fosse, ele podia se achar levando o ministro do Turismo ao aeroporto para tomar um vôo matinal, o ministro da Agricultura a um restaurante para um almoço de trabalho, e a mulher do ministro de Estado do Comércio para fazer compras no mercado durante a tarde (pois, como explicou o ministro do Transporte ao subsecretário sênior da embaixada americana que ficou encarregado de administrar o cumprimento do rodízio de carros, era com certeza mais eficiente usar um carro do governo para levar as esposas e as famílias dos ministros aonde precisassem do que os próprios ministros terem que fazer isso pessoalmente). E agora ele tinha os domingos e, na alternância de turnos, as manhãs de terça de folga.

Thomas Nyambe sempre fora motorista do governo. Era filho de um motorista do governo. Quando os olhos de seu pai ficaram tão ruins que, por mais que os apertasse, não conseguia mais dirigir sob o sol sem ficar completamente ofuscado, passou o emprego e o uniforme para Thomas. O pai de Thomas ensinou-o a dirigir e a ser motorista. De modo que ele não aprendeu apenas a dirigir e a cuidar de um automóvel, mas também a se comportar como seus patrões querem que se comporte — a ser cuidadoso e calado.

Pergunte a qualquer motorista de táxi e eles lhe dirão que às vezes têm a sensação de que são invisíveis. As pessoas no banco de trás de um táxi falam de seus problemas mais importantes e íntimos como se não houvesse mais ninguém ali, como se o carro estivesse dirigindo a si próprio. O mesmo acontece com os motoristas do governo. Embora o pai de Thomas tivesse explicado a ele tudo sobre isso, não o ensinou a ler e a escrever e ninguém ensinou isso a ele. Thomas Nyambe sabia "ler" placas nas estradas e ruas, é claro (embora esta habilidade seja raramente útil no Quênia, uma vez que a tinta nas poucas placas de rua que existem está geralmente desbotada e ilegível). Ele aprendeu tudo sobre números e dinheiro. Sabia com exatidão o preço da gasolina, do óleo (tanto do motor quanto do transmissor), quanto custa para consertar um pequeno furo no pneu, um furo grande, e todas as outras coisas que um motorista do governo precisa saber. Mas o mundo das letras dificilmente entrava na sua consciência e, embora ele tivesse aprendido muito sobre o trabalho do governo e sobre os afazeres dos ministros enquanto dirigia seu carro, e pela conversa com outros motoristas do rodízio, não lhe teria ocorrido registrar nenhuma dessas informações tanto quanto não lhe ocorria registrar os pássaros que via nas caminhadas dos pássaros das manhãs de terça que, ao longo dos últimos cinco anos, freqüentava regularmente nas manhãs de folga.

O senhor Malik conhecera Thomas Nyambe do lado de fora do Museu de Nairóbi na primeira vez em que participou da caminhada dos pássaros das manhãs de terça. Apesar das boas-vindas calorosas de Rose Mbikwa, o senhor Malik estava um pouco constrangido, um pouco deslocado. Um negro que ele vira de costas para os outros, sempre sorrindo, mas nunca falando, chegou perto dele e se apresentou, e, daquele momento em diante, ele e Thomas Nyambe tornaram-se amigos. Foi realmente simples assim. Já aconteceu comigo e provavelmente já aconteceu com você. Desde a primeira troca de bom-dia, eles reconheceram um no outro uma grande afinidade. Embora nenhum dos dois tivesse falado muito, eles sentiram uma leveza imediata na companhia um do outro que tanto foi surpreendente quanto pareceu a coisa mais natural do mundo.

Conforme foram trocando mais e mais palavras, ao longo das semanas que se seguiram, Thomas Nyambe soube que o senhor Malik era viúvo e o senhor Malik soube que Thomas Nyambe trabalhava para o governo como motorista havia quase trinta anos. Ele tinha uma esposa chamada Hyacinth e sete filhos, dois dos quais tinham morrido recentemente.

— Também tenho um filho que morreu — disse o senhor Malik. Mesmo agora, depois de quatro anos, raramente falava sobre o filho.

O senhor Nyambe contou ao senhor Malik que ele havia morado em Southlands, mas que, ao longo dos anos, ele e o irmão conseguiram poupar dinheiro para comprar uma pequena fazenda na costa ao norte de Malindi, de onde seu pai viera. Seu irmão estava construindo uma casa agora e depois construiria outra para ele, e era para lá que se mudaria quando se aposentasse do seu trabalho como motorista do governo.

— É bom ter sua própria terra e plantar sua própria comida. E você, senhor Malik, vai algum dia se mudar de Nairóbi?

— Não sou fazendeiro, senhor Nyambe. Meu avô plantava legumes, mas acho que devo ter saído ao meu pai. Dizem que o solo de Nairóbi é tão fértil que se você plantar uma semente tem que se afastar rapidamente, para não se machucar com o crescimento imediato da planta, entende? Meu pai poderia ter plantado mil sementes e o único ferimento ao qual ele se arriscaria seria cortar o pé enquanto capinava. Ele não era fazendeiro, também não sou. Acho que vou ficar em Nairóbi.

— Mas tem mais pássaros para serem vistos numa fazenda do que na cidade, não?

— Isso é verdade, senhor Nyambe, e, como o senhor sabe, gosto de observar pássaros. Mas os vejo no meu jardim e ao redor da cidade e, enquanto fizer parte das caminhadas dos pássaros das manhãs de terça-feira, continuarei observando-os.

Todavia, apesar do seu jeito moderado, o novo amigo do senhor Malik era um homem apaixonado. Suas paixões eram a família, seus pássaros e seu país.

Galinha-d'angola

19

Assim como o senhor Malik, Thomas Nyambe também havia crescido numa Nairóbi muito diferente da cidade grande que ela é hoje. Naquela época, o centro era composto de apenas algumas ruas cercadas de parques e jardins. As margens do rio não eram ocupadas pelos barracões de papelão dos moradores de favelas, e sim por papiros. Na curta caminhada dos Correios e Telégrafos até a estação de trem era possível ver uma família de galinhas-d'angola atravessando correndo a rua, ou um savacu empoleirando-se na sua acácia favorita nos jardins do governador-geral.

— Ainda há alguns pássaros para ver, como sabe, senhor Malik. Mas agora é preciso ir longe para ver um savacu, ou até mesmo uma galinha-d'angola.

Para o senhor Nyambe, poder observar pássaros, em carros confortáveis, com pessoas que têm afinidade com ele, era realmente um prazer e um privilégio. Há alguma coisa nos pássaros, na beleza e na liberdade deles, que faz bem à alma de um homem. Mas um homem que está poupando para comprar uma fazenda e construir uma casa não pode se dar ao luxo de gastar seu dinheiro em ônibus e matatus só para sair da cidade durante uma manhã, mesmo que seja para fazer bem à sua alma. Nos dias das caminhadas de pássaros, o senhor Nyambe invariavelmente viajava no banco da frente do velho Mercedes verde do senhor Malik. É claro que ele sempre fazia questão de levar alguma coisa — um bolo temperado de ervilha ou biscoitos doces que sua esposa Hyacinth preparava para ele levar — em agradecimento a quem quer que lhe desse carona. O senhor Malik aprendera a gostar bastante do bolo de ervilha, mas comia apenas um biscoito doce e só por educação.

O amor do senhor Nyambe pelo Quênia era tão grande quanto o seu amor pelos pássaros.

— Com certeza não existe outro país como esse, senhor Malik. Onde mais se pode encontrar uma montanha cujo topo é coberto de neve tão magnífica quanto o nosso Monte Quênia, e uma costa de praias margeadas por palmeiras? Que outro país tem desertos e florestas, lagos e rios, montanhas e planícies como o nosso? Onde mais os homens são tão bonitos e as mulheres tão belas?

— E onde mais, senhor Nyambe, se podem ver tantos pássaros?

— Não só pássaros, senhor Malik. Leões, elefantes.

— Guepardos, girafas.

— Impalas.

— Gazelas.

— Javalis africanos.

— Potamoqueros.

— Gnus.

— Búbalos.

— É verdade, senhor Malik. Somos abençoados. É um país excelente este em que vivemos.

Conforme a amizade entre os dois homens se fortalecia, o senhor Nyambe viu-se falando mais livremente sobre o seu trabalho, algo que raramente fazia, mesmo com sua mulher.

— Aquele marabu — disse, apontando para um pássaro que estava de pé, alto e funesto junto a uma pilha de lixo enquanto eles andavam juntos pela Two Rivers Road na caminhada dos pássaros, certa vez — não é um pássaro bonito, senhor Malik. Tenho certeza de que o senhor já o viu sempre brigando com os outros pássaros, com os corvos e as garças brancas. Marabu é o apelido que nós, os motoristas dos carros do governo, lhe damos, sabe? É o apelido do ministro de Defesa. Ele não é um homem bom. Ele diz que é cristão, mas você sabe quantas esposas ele tem?

O senhor Malik ergueu as sobrancelhas, curioso.

— Mais do que a quantidade habitual?

— Três, uma em Kisumu, uma em Kakamega e uma em Nairóbi. Isso é muito para um só cristão.

— É muito para qualquer homem, senhor Nyambe.

— Acho que você tem razão, senhor Malik.

O senhor Nyambe abriu subitamente um sorriso largo.

— Mas o cobra-d'água, quero dizer, o senhor Matiba, o ministro da Segurança, como você sabe, pensa que a esposa de Nairóbi é mulher dele, então talvez sobrem apenas duas.

E assim foi. Todas as terças o senhor Malik oferecia carona ao senhor Nyambe no seu velho Mercedes verde e os dois homens conversavam sobre pássaros e política. Por que será que os pequenos beija-flores-de-peito-roxo gostam de construir seus ninhos nas varandas dos homens, e as fêmeas do calau-cinzento ficam encerradas no oco de uma árvore, atrás de uma parede de barro feita pelos machos, enquanto chocam seus ovos? Se o ministro da Educação precisa de uma casa nova, ele não deveria comprar a terra para construí-la, em vez de fazer com que o ministro das Florestas e da Pesca lhe passe a escritura de dois acres de terra da Floresta Estadual Karura, quando a Floresta Estadual deveria ser de todos? E me diga, por que o secretário do Tesouro precisa fazer tantas viagens particulares de avião para a Suíça?

— Existe muita falta de consideração nesse mundo, senhor Malik. Embora eu não veja isso entre as pessoas comuns, no meio dos ricos e poderosos isso é muito comum. Mas, quando o elefante tenta alcançar a bananeira, ele não vê a cerca de *shamba*, a cerca da fazenda.

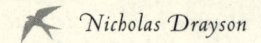

Somos nós que os elegemos, não? Talvez nos caiba fazê-los ver o que estão fazendo.

As palavras do amigo se fixaram na memória do senhor Malik. Não foi imediatamente que aconteceu, mas, depois de algumas semanas, uma luz fraca começou a aumentar de intensidade em sua mente. É, alguém deveria mesmo fazer estes homens verem o que estão fazendo. Votar de vez em quando era muito bom, mas será que isso bastava? Reclamar também era certo, mas de que adiantava? Alguém deveria fazer algo. O senhor Malik demorou quase dois meses para chegar à conclusão de que este alguém era ele. Era ele quem deveria fazer algo. Não quisera ser jornalista naqueles velhos tempos em Londres? Esta não era a grande oportunidade que estivera esperando, a chance de fazer a diferença? Naquela mesma manhã foi até a cidade e alugou uma caixa postal. Naquela tarde escreveu uma carta para o editor do *Evening News*.

E na terça-feira seguinte, depois da caminhada dos pássaros, ele datilografou sua primeira coluna da seção "Pássaros do mesmo ninho" numa folha de papel simples, branca, tamanho A4, que pôs dentro de um envelope e a enfiou na caixa de correio na esquina da Garden Lane com a Parklands Drive.

Beija-flor-violeta

20

O avestruz estava começando a se acostumar com aquilo. Todos os dias, logo depois do amanhecer, a monstruosa besta atrás da cerca acordava e começava a rugir. Lentamente ela se virava na sua direção, lentamente se aproximava, seu rugido estrondoso ia ficando mais alto, os olhos estranhos dela refletindo a cor alaranjada do sol nascente. O avestruz era macho e tinha um ninho para proteger. O buraco oco que ele cavara sem ajuda, com as próprias garras nuas, agora continha 16 ovos que tinham sido postos ali pelas três fêmeas que ele cortejara e com quem se acasalara. Faltavam apenas alguns dias para que os ovos quebrassem. O avestruz se ergueu nos seus três metros de altura, abriu as asas para parecer o maior que pudesse, e começou a se empertigar com as pernas firmes, e sem pestanejar, na direção da cerca. O monstro veio vindo, direto em direção a ele. Ficaram mais perto, cada vez mais perto um do outro. O rugido da besta era como o de um leão, o de um búfalo e o de um elefante transformados num só, mas o avestruz não hesitou nem tremeu. Foi a besta que recuou. Recuou em direção ao longo caminho que se distanciava da cerca e, soltando um último rugido, correu trilha abaixo, e para longe, em direção ao sol nascente.

O avestruz abriu as asas mais uma vez, depois as fechou e voltou para o ninho. O monstro retornaria, tinha certeza disso, mas ele estaria pronto.

Quando o avião do vôo matutino para Lamu virou no final da pista do Aeródromo Wilson, pronto para decolar, Harry Khan olhou pela janela.

— Ei, pessoal, olhem lá, um avestruz, ali, bem atrás da cerca. Primeiro pássaro do dia. É um bom sinal.

Harry Khan passara a noite anterior no bar do Hilton com George e David planejando o itinerário da semana.

— A primeira coisa que temos que fazer — disse George — é checar a previsão do tempo. Certo, Davo? Não adianta nada irmos para as montanhas se elas estiverem cobertas de névoa, e não vai dar para ir para a costa se tiver um furacão.

— Melhor vermos isso o mais rápido possível — disse David.

— É pra já — disse George —, começamos pelas praias e pelas aves marinhas, depois vamos para o interior.

— Para mim faz sentido — disse Harry.

Através do guia de viagem Lonely Planet que eles tinham, descobriram que a ilha de Lamu seria provavelmente a melhor opção para uma viagem de um só dia. Um vôo saía ao amanhecer e o vôo do meio da tarde os traria de volta para Nairóbi com tempo de sobra para chegar ao Clube Asadi às oito em ponto.

— Aqui diz que se pode alugar um barco para explorar a ilha e as inúmeras lagoas que ficam próximas.

— Parece que este é o lugar perfeito — disse Harry, e foi até o balcão de turismo do hotel para reservar as passagens. Isso vai ser divertido. Uma pena o início da disputa ter sido um fiasco.

Ao contrário do avestruz, o pica-pau-de-crista-dourada não demonstrava qualquer sinal de alarme com a aproximação da monstruosa figura. Nascido e criado no Parque da Cidade, ele se acostumara com criaturas de duas pernas como a que agora caminhava em direção à sua árvore. Essas coisas, grandes como são, não traziam nem a metade dos problemas que os macacos traziam — embora este aí tivesse olhos enormes. O pica-pau continuou seu trabalho. O senhor Malik abaixou o binóculo para registrar em seu caderno o primeiro pássaro novo do dia.

A surpresa com o número de espécies que vira em seu jardim na tarde anterior deu a ele uma idéia. É claro que A.B. estava certo sobre o que dissera quanto à redução dos resultados. Mas o rendimento podia também ser prejudicado pelo gasto de tempo que se passa viajando e que poderia ser usado para observar pássaros, pensou. Perde-se muito tempo dirigindo ou voando para lá e para cá só para chegar aos lugares — e mesmo se não tivesse nenhum outro compromisso, não valeria a pena correr o risco, uma vez que uma das condições da competição era a de que ambas as partes tinham que estar de volta a Nairóbi às oito em ponto todas as noites. Desta forma, pensou numa estratégia que reduziria ao máximo suas viagens. Tomando sua casa em Garden Lane como o centro, iria se movimentar para fora numa espiral, ao longo da semana, chegando, a cada dia, a habitats cada vez mais distantes. Embora fosse certamente encontrar coincidências em cada lugar que visitasse, este plano deveria aumentar suas chances de ver mais espécies. Escolheu, para a primeira visita, o Parque da Cidade, que fica a apenas um ou dois quilômetros da sua casa e era um lugar que conhecia bem.

Assim como a maior parte de Nairóbi, o Parque da Cidade já tivera dias melhores. Comparado aos belos jardins dos velhos tempos, com avenidas ladeadas por fileiras de palmeiras e arbustos bem cuidados, onde chafarizes jorravam água e a música de Sousa e Elgar flutuava no ar vindo do palanque todos os domingos à tarde das três às cinco horas, o parque está no seu pior momento. Mas ainda dá prazer àqueles habitantes da cidade que sabem da sua existência e concede comida e abrigo a um grande número de esquilos e macacos e até a uma boa quantidade de pássaros.

A melhor hora para identificar pássaros é geralmente o amanhecer, pois é quando eles cantam mais. Segundo a ornitologia ocidental moderna, eles cantam para estabelecer ou manter seus territórios, reforçar o reconhecimento de espécies e padrões de domínio social ou para comunicar oportunidades de alimentação. Segundo a tradição africana, eles cantam para saudar o sol. Ouvindo os guinchos do papagaio-de-ventre-laranja e o do papagaio-jardineiro, os pios dos variados beija-flores, o violeta e o de bico semilunar, o trinado dos canários-tentilhões e o gorjeio dos tordos-oliváceos, o senhor Malik pensou que provavelmente as duas explicações estavam certas. Ele chegou à entrada principal do parque assim que os portões foram abertos e, de olhos e ouvidos atentos, começou a passear pela alameda. No chafariz, seco durante todos esses anos e agora cheio de lixo e folhas, viu seus passos levarem-no para a fileira de palmeiras que marcavam a margem do velho cemitério.

Poucas pessoas conhecem o velho cemitério, encoberto pelas palmeiras e por um muro baixo. Atrás deste, pedras lapidadas marcam os túmulos dos primeiros colonizadores brancos no Quênia — homens e suas *memsahibs*, e um número desproporcional de crianças que sofreram quedas de cavalos ou contraíram malária perto da costa e vieram para Nairóbi em tentativas vãs de cura e convalescença. No centro do cemitério, há uma capela feita de pedra, agora em desuso, e lá no final uma pequena casa para o zelador. Embora dilapidada, a casa ainda estava ocupada, e, quando o senhor Malik se aproximou, ouviu um som de choro de bebê e o cacarejar de uma das galinhas domésticas que ciscavam em volta do pátio dando a este lugar de morte as boas-vindas à vida. Esta não era de jeito nenhum a primeira vez que o senhor Malik visitava o velho cemitério. Fora ali que estivera numa manhã chuvosa de sábado em fevereiro quase quatro anos antes para espalhar as cinzas de seu filho Raj.

E estivera ali muitas outras manhãs de sábado desde então para pensar no filho, em sua dor e em sua vergonha.

21

Eu contei a vocês que o senhor Malik não fala muito de seu filho Raj. Mas eu não disse o porquê. Raj não era criança quando morreu, e não morreu de uma queda de cavalo nem de uma febre contraída dos mosquitos infectados dos mangues da costa. Ele tinha 32 anos quando morreu de AIDS. E, quando estava morrendo, o senhor Malik não sentiu amor e compaixão pelo filho, e sim vergonha e desgosto.

Já havia passado mais de três anos desde que o rapaz contara ao pai que era gay. E o que o senhor Malik disse quando seu corajoso e belo filho, que ele e a mulher sempre souberam que era diferente dos outros meninos, lhe contou que era gay? Disse a Raj que fosse embora, que desaparecesse, que nunca voltasse a encher de tristeza sua casa novamente. Que tipo de filho era aquele, explodiu, que tipo de homem era aquele, que poderia admitir prática tão aberrante, tão pervertida, tão vergonhosa? "Vá embora", disse o senhor Malik do alto de toda a sua moralidade, "você não é meu filho, meu sangue não é o seu sangue, meu nome não é o seu nome. Você trouxe vergonha para sua família e desgraça para a memória da sua mãe". E ele foi sincero em tudo o que disse. Raj foi embora, mas, no íntimo do senhor Malik, o ódio e o horror continuaram a arder. Quanta pena sentiu de si mesmo... O que ele fizera para merecer aquilo? Já não perdera a mulher? Agora o filho estava perdido para ele, disse consigo mesmo, e perdidos também os filhos que hipoteticamente viriam de seu filho. Como cuidaria dos negócios, da maneira que o pai e o avô fizeram antes dele? E ficou ridicularizado diante da comunidade, pois o senhor Malik tinha certeza de que, embora ninguém tivesse dito nada, as pessoas sabiam de tudo.

Talvez Raj já estivesse com AIDS quando contou ao pai que era gay, talvez tenha contraído o vírus algum tempo depois. A única notícia que o senhor Malik teve de Raj depois que o expulsou de casa foi que ele estava morto. E então o que aconteceu com o ódio, a vergonha e a autopiedade que queimaram com tanto ardor no seu peito? Sumiram como a chama de uma vela que se apaga com um sopro. O senhor Malik acordou para a realidade cruel do que fizera e para a terrível consciência de que não havia mais nada que pudesse fazer. Seu filho estava morto. Que importância tinha agora se Raj era homossexual ou heterossexual, se gostava de homens ou de mulheres? Era tarde demais. Tarde demais para retirar aquelas palavras, tarde demais para dizer "volte para casa", tarde demais para pedir que o perdão viesse daqueles belos lábios frios. Ele foi tomado de súbita certeza de que a mulher jamais teria feito algo tão pouco afetuoso. Então, a vergonha que agora tornava difícil para o senhor Malik falar sobre Raj não era mais vergonha do filho, mas vergonha de si mesmo. E o sofrimento não era apenas pela perda que sofrera, mas pela perda que ele fizera o filho suportar.

Fora naquele dia chuvoso de fevereiro, quatro dias depois do funeral, enquanto espalhava as cinzas de Raj pelo velho cemitério, que o senhor Malik olhou para os túmulos e para as lápides ao seu redor e se deu conta de que, embora não houvesse mais nada que pudesse fazer pelo filho, havia uma coisa que podia fazer. Quantos jovens estavam morrendo naquele exato momento, sozinhos e rejeitados? A resposta, como logo descobriu, envolvia um número muito superior ao que jamais poderia imaginar.

Se fossem a gripe ou a varíola que estivessem matando aos milhares, ou mesmo a peste bubônica, talvez as pessoas pudessem falar sobre isso. Mas naquela ocasião, no Quênia, não se falava sobre AIDS nos meios sociais mais refinados. E isso principalmente por causa da associação da doença ao homossexualismo. No Quênia, como o senhor Malik bem sabia, ninguém tem filho ou filha gay. Mas a realidade é outra história. Uma doença não faz discriminações. O senhor Malik foi ao lugar onde o filho morrera, uma sala comprida e escura nos fundos do Hospital Aga Khan, cheia de jovens esqueléticos — gays, heterossexuais, solteiros, casados — deitados em camas, em colchões no chão ou direto no solo nu. Um deles talvez pudesse ser alguém que Raj amara e por quem fora amado em algum momento. Aqui o cuidado era mínimo, os visitantes eram poucos. Não levou muito tempo para que ele descobrisse que havia ao menos uma sala como aquela em cada hospital de Nairóbi.

Poucos dos moribundos chegavam a saber o nome do homem moreno, baixo, gorducho e careca que vinha se sentar ao lado deles, que sorria e apertava suas mãos ou acariciava suas testas e murmurava palavras solidárias. Mas muitos diriam que se sentiam melhor com a presença dele e que até experimentavam um pouco mais de paz, mesmo depois que ele já tinha ido embora. E, então, o amor que negara ao próprio filho Raj pôde ser dado a muitos filhos e filhas esquecidos, embora, para o senhor Malik, isso nunca tenha sido o suficiente, nem nunca poderia ser.

Mas hoje ele não estava ali para relembrar, estava ali para observar pássaros. O senhor Malik saiu do cemitério e foi caminhar pelo parque. Sentou-se num banco de concreto ao lado do chafariz e em vinte minutos ele viu 17 novas espécies. Dentre elas um picanço-de-almofadinha, um cordon-bleu de bochechas vermelhas (parecendo bastante arrojado na sua plumagem lápis-lazúli) e uma pequena concentração de viúvas-de-colar-vermelho. "Por que será", refletiu, observando o grupo misto de machos e fêmeas, "que a espécie tem este nome se só os machos têm uma mancha rubra atravessando a garganta?" Era comum, no entanto, que muitos pássaros fossem batizados levando-se em conta apenas um dos sexos, geralmente o masculino. Isso era o que acontecia com o cordon-bleu (pois só o macho tem bochechas vermelhas) e com várias outras espécies. Dentre os pássaros, ao menos, os machos pareciam ser os que melhor se vestiam. E eram cantores mais entusiasmados também. Ele ouviu, e depois observou um pequeno pássaro negro pousado num bambu alto. Contra o céu claro, parecia preto retinto e não azul-escuro, mas aquelas pernas vermelhas eram inconfundíveis. Era uma mariposa azul, e ele sabia que era um macho, pois a fêmea tem uma plumagem totalmente diferente, mais parecida com a de um pardal fêmea. Um assobio incomum atraiu-lhe, então, a atenção. Poderia ser o canto de duas notas de um picanço-de-testa-preta? Ele nunca ouvira um desses dentro da cidade antes.

O chamado parecia vir de uma árvore baixa a poucos passos de distância descendo aquela trilha coberta de folhas. Colocando-se de pé, foi caminhando, guiando-se pelo som. Alguns passos adiante, ainda sem ver a fonte do assobio, percebeu que alguém vinha em sua direção. Que droga, o pássaro ficaria perturbado e voaria antes que ele o pudesse identificar. E a trilha era muito estreita para duas pessoas passarem juntas. Se bem que ainda não tinha avançado muito, teria apenas que se virar, deixar a pessoa sair e torcer para que o pássaro ainda estivesse lá quando ele pudesse se aproximar. O senhor Malik deu meia-volta, e descobriu que outra pessoa entrara na trilha atrás dele — duas pessoas, na verdade. Pareciam ser dois rapazes.

Julgou melhor não reagir. Os ladrões talvez não o machucassem, a não ser que ele lutasse ou gritasse. Sem uma palavra, o senhor Malik apanhou a carteira no bolso e entregou. Sem uma palavra, um dos jovens a pegou.

— E isso.

Apontava para o binóculo pendurado no pescoço do senhor Malik. O senhor Malik suspirou, e enquanto passava as tiras do binóculo por cima da cabeça, sentiu o caderno de notas ser arrancado de sua mão. Era a única coisa que possuía para mostrar que espécies vira naquela manhã e não podia esperar que o Comitê, e principalmente Harry Khan, aceitasse apenas a sua memória como prova do que vira. E essas espécies — 17 — podiam fazer toda a diferença na contagem final.

— Tenho certeza de que este caderno não terá qualquer interesse para vocês — disse, tentando apanhá-lo de volta.

O rapaz respondeu com um sorriso contido, entregando o caderno para o cúmplice.

— Talvez, *Bwana* — disse com a boca relaxada ao pronunciar a palavra, seus olhos, no entanto, se mantiveram concentrados. — A gente resolve se interessa ou não. Agora, o que mais você tem nos bolsos?

O senhor Malik tirou uma caneta e um lenço do bolso, tentando ao máximo não fazer barulho com o chaveiro. Seria uma chateação se eles levassem as chaves do carro e ele tivesse que ir buscar as sobressalentes.

— Eu ouvi alguma coisa? — disse o rapaz, que agora segurava o caderno. — Ouvi alguma coisa, cara?

— Acho que ouvi um barulho de chave.

O senhor Malik colocou a mão de volta no bolso e tirou o chaveiro.

— Está aqui. Agora vocês podem me devolver o caderno, por favor? É só uma lista de pássaros, só isso. Vocês podem olhar se quiserem.

O rapaz olhou cuidadosamente para a águia-preta desenhada na capa, depois abriu o caderno e examinou seu conteúdo, virando o caderno de cabeça para baixo e de cabeça para cima novamente.

— Pássaros, né? Para que você quer uma lista de pássaros?

— É um... é o meu hobby. Gosto de observar pássaros. Com isto.

Ele apontou para o binóculo.

O homem olhou para o caderno que estava numa de suas mãos e para as chaves que estavam na outra.

— Você quer muito isso? Quer muito ter isso de volta?

— Eu gosto dele. Não tem valor nenhum. Só gostaria que me fosse devolvido.

— Então vamos fazer um acordo, tio.

— Como assim?

O homem balançou as chaves na frente do senhor Malik.

— Você me mostra onde está o carro e eu devolvo o seu caderno.

Aquilo era absurdo. Se mostrasse onde o carro estava, eles o roubariam. Sem ajuda, era possível que não conseguissem roubá-lo — assim que saíssem daquela trilha isolada saberiam que ele poderia chamar um policial ou um askari. Eles realmente pensavam que ele aceitaria aquela proposta absurda? Eles realmente achavam que o caderno valia mais do que o carro para ele? O senhor Malik olhou para o ladrão, o chaveiro ainda balançava nos dedos de uma de suas mãos, o caderno na outra.

— Tudo bem — disse.

O velho Mercedes verde estava estacionado em frente ao portão principal. Os quatro saíram do Parque da Cidade, atravessaram a rua, e o senhor Malik viu os três ladrões abrirem o carro, entrarem e ligarem o motor.

— O meu caderno, por favor.

E ele viu o velho Mercedes verde ir embora em direção à cidade, com os três ladrões rindo como hienas, um deles ainda acenando com o caderno na mão de dentro da janela que ia se fechando.

Rola-mansa

22

— Eu vi... — disse o senhor Patel quando o senhor Malik chegou naquela noite ao clube. — Você estava chegando num táxi?

O senhor Malik tinha mesmo tomado um táxi para chegar ao clube, vindo da delegacia de polícia em Haare Thuku Road, onde passara boa parte do dia. Levara meia hora para caminhar até lá e três horas para registrar o roubo. Tinha pouca expectativa de que algo viesse a ser feito — se não houvesse multas a cobrar, a polícia, nos dias de hoje, parecia não ter interesse algum pelas atividades criminosas —, mas era o que um bom cidadão deveria fazer. Ele passara, então, em casa para apanhar o passaporte (uma caminhada de quarenta minutos — a polícia sugeriu que ele desse um telefonema para a família, mas ele não quis incomodar Petula), tomara em seguida um táxi até o banco, para registrar o roubo da carteira e dos variados cartões que estavam nela (o que levou duas horinhas e meia). Teve então que voltar à delegacia de polícia para que eles pudessem incluir nos formulários os números dos cartões que tinham sido roubados (desta vez isso demorou apenas duas horas). Não houve tempo de voltar em casa antes do horário de chegar ao clube.

O senhor Malik pediu uma cerveja e fez um breve relato de seus afazeres do dia.

— O que não consigo entender é por que ele foi à delegacia — disse o senhor Gopez. — Os malditos ladrões eram provavelmente policiais em dia de folga.

— Ah, bem, está acabado agora — disse o senhor Patel. — Então, onde está o extraordinário caderno de notas?

— Eles o levaram também — disse o senhor Malik.

— Mas e os pássaros? — disse o senhor Patel.

— Pássaros? — disse o senhor Gopez. — Você só consegue pensar nisso? O pobre camarada aqui foi roubado descaradamente, praticamente o deixaram sem nada, dinheiro, cartões e carro, e você só consegue pensar em pássaros?

— Desculpe, A.B., eu não quis ser... enfim, o que quer que estivesse sendo. Caderno de notas roubado, então, né? Não importa, tenho certeza de que você vai dar um jeito.

O pequeno silêncio que se instaurou foi quebrado pela chegada de Tiger.

— Olá, Malik. Ora, Khan ainda não chegou? — disse, olhando para o relógio. — Bom, ainda lhe restam 15 minutos. Então, quantos escalpos nosso guerreiro trouxe hoje, Patel?

Em apenas poucos minutos o senhor Malik explicou ao Tiger os pontos principais dos acontecimentos do dia, sendo o mais importante o roubo de seu caderno de notas.

— Bom, recapitulando. *Aequam memento rebus in arduis servare mentem,* lembra-te de conservar o ânimo tranqüilo nas situações difíceis. Quantos você acha que viu?

— Tenho certeza absoluta de que contei 17 novas espécies. Mas eu nem consigo me lembrar agora se realmente vi aquele picanço-de-testa-preta. Eu sei que o ouvi, mas...

— Humm, situação delicada, muito delicada. Estou tentando lembrar o que dizem as regras. As regras dizem alguma coisa sobre cadernos de notas, senhor Patel?

— Acho que não. Vou checar.

— E onde está Khan? Se ele não chegar logo...

Naquele momento, veio de fora um barulho de pneu cantando a que se seguiu excitada animação vinda de dentro, anunciando a chegada de Harry. Ele entrou no bar acenando várias folhas de papel de carta do Hotel Hilton, inteiramente preenchidas. A situação do senhor Malik foi imediatamente explicada, assim como as dificuldades que a perda do caderno de notas poderiam acarretar.

— Dificuldades, que dificuldades? Se Malik diz que viu 17 espécies novas, então foi o que ele viu. Não vejo onde está o problema.

— Mas precisamos dos nomes, entende, Khan? — disse o senhor Patel. — Precisamos dos nomes para tornar oficial e para que possamos saber se ele realmente os viu e se as espécies já não tinham sido vistas antes. Eu preciso registrar os nomes, anotá-los.

— Ah, tenho certeza de que Malik vai acabar se lembrando. Mas falando em anotar nomes...

Harry Khan entregou as folhas de papel de carta com o timbre do hotel nas mãos do senhor Patel.

— Quantos, Harry? — gritou alguém do bar.

Harry Khan virou-se e olhou para o salão.

— Bom, o Comitê terá que conferir, claro, mas eu contei... hummm... 74 ou 75?

A adorável ilha de Lamu excedeu até mesmo as expectativas de George e David. A apenas alguns metros das escadas do avião no aeroporto da ilha de Manda foram bombardeados pelo mergulho de um abibe-esporado. Andorinhas-de-pérolas fizeram uma rápida descida sobre a grama ao lado da pista de pouso e, quando cruzaram a pista asfaltada em direção ao prédio do aeroporto, quase tropeçaram sobre uma pequena revoada de estorninhos-de-dorso-violeta. Fora do prédio, uma colônia de tecelões-de-cabeça-preta gorjeavam e faziam barulho numa grande buganvília chorona, enquanto dois pares de rolas-de-peito-rosa arrulhavam suas quatro notas tristes de desaprovação sobre um cabo de telefone próximo. Do barco, no caminho para a ilha de Lamu, eles identificaram seis espécies de gaivotas e andorinhas do mar, e observaram uma águia pescadora descer rápido até a beira da água e, com suas garras, alcançar um peixe prateado que estava logo abaixo da superfície. Uma águia-pesqueira africana marrom e branca traçava círculos lentos sobre as cabeças deles.

Não foi nada difícil encontrar e alugar um pequeno barco de pesca motorizado para ser usado durante a manhã. Debaixo do toldo de lona do barco, os três observadores de pássaros viram garças-brancas-grandes andando pelas águas rasas e biguás e biguatingas secando suas asas, empoleirados em galhos sobre a água. Eles tiveram sorte com a maré. Ela estava baixando, então pediram ao gentil barqueiro que os levasse para o extremo sul da ilha, onde mais aves pernaltas se alimentavam nos bancos de lama — maçarico-de-perna-vermelha, perna-verde-comum, maçarico-galego, vira-pedras, maçarico-das-rochas, tarambola-dourada, borrelho-de-coleira-interrompida. Nas primeiras três horas eles registraram 57 espécies.

— Acho que encontramos ouro, Harry — disse David.

— Acho que estou com fome — disse George.

— O almoço é por minha conta — disse Harry.

A tarde, embora menos ativa, foi quase tão produtiva quanto a manhã. Depois de um longo almoço no restaurante Petley's, eles se estiraram na grama perto do muro da velha cidade. Gaviões cortavam como foices o céu azul sobre eles com suas asas de cimitarra.

— Os gaviões grandes são bacuraus — disse George, protegendo os olhos com uma das mãos e apontando para o céu com a outra —, e os menores são os andorinhões-pequenos, certo, Davo?

— É. E aqueles dois, voando um pouco mais baixo, com asas bem mais estreitas, devem ser andorinhões-de-palmeiras. E caramba! Olhe aquele ali, George.

Os binóculos foram focados num pássaro que se parecia à primeira vista com um dos grandes bacuraus.

— O que você está vendo?

— Eu acho que você pode estar certo, Davo. Sim, eu vi a garganta. Você viu, Harry?

— Está falando daquele que tem uma parte branca? Qual é este?

— Andorinhão-horus. O livro diz que não é comum se ver um destes tão ao norte, mas não tem erro. É ele.

Como podia aparecer um andorinhão-horus, e mais uma porção de andorinhas e marinetes e a pequena revoada de colhereiros-africanos que voaram sobre eles formando um V, com os bicos em forma de banjo estendidos bem na frente deles? George, David e Harry acharam que deviam simplesmente passar o resto da tarde deitados na grama. Quando chegou a hora de ir embora de Lamu e pegar o barco de volta para o aeroporto, o cálculo do dia estava em 74.

— Nada mal, nada mal mesmo — disse George, depois que eles passaram pelo check-in e esperavam no portão para embarcar no avião.

— Mas vocês sabem o que eu realmente gostaria de ter visto? Um abelharuco-róseo.

Um flash vermelho, disparado de uma grade da torre de controle, parou no ar para abocanhar algum inseto que voava por ali, e deslizou de volta em direção ao seu poleiro.

Pelicano-branco

23

É uma peculiaridade carinhosa esta de os exploradores europeus imaginarem que qualquer acidente geográfico no qual batem os olhos pela primeira vez precisa necessariamente ganhar um novo nome, ou será esta uma peculiaridade simplesmente ingênua e tola? Até onde sei, os seres humanos têm vagado por esta região da África há mais ou menos três milhões de anos. A existência de um enorme pedaço de terra cheio d'água no centro não passou despercebida. Qual o tamanho? Maior do que o lago Michigan, maior do que a Tasmânia, maior do que Connecticut, Massachusetts, Vermont e Rhode Island juntos. É tão grande que as pessoas que vivem de um lado lhe deram um nome; as pessoas que vivem do outro lado deram-lhe outro; e as pessoas que vivem entre um lado e outro deram-lhe vários outros nomes. Mas o dr. Livingstone não levou nada disso em consideração. Veio e não perguntou aos habitantes locais como chamavam aquele enorme lago no final do Nilo. Deu ao lago outro nome, em homenagem a uma anciã de uma tribo de gente branca de uma pequena ilha que ficava a oito mil quilômetros de distância. Carinhoso ou tolo? Realmente não consigo chegar a uma conclusão.

Mais tarde naquela noite, de volta ao Hilton, Harry — com 75 pontos da ilha de Lamu no seu bolso — sentou-se com George e David para planejar a viagem seguinte.

— Estou pensando em irmos para o oeste — disse George, dando um gole meditativo em seu Johnnie Walker enquanto examinava o mapa já aberto sobre a mesa.

— Oeste, hein? — disse Harry. — Até onde a oeste?

— O mais distante possível. Lago Vitória. Deve ter alguns pássaros por lá.

— Flamingos — disse David, examinando cuidadosamente o guia de viagem.

— Dos maiores e dos menores.

— Pelicanos, talvez?

— Dos brancos com certeza, dos rosados talvez.

— E...?

— E cegonhas, garças, grous, frangos-d'água-africanos, patos, gansos, caimões...

— Vitória — disse Harry. — Acho que nos daremos bem.

O resultado foi que, na terceira noite da competição, Harry Khan voltou do grande lago no centro da África, a fonte do Nilo e uma maravilha para todos os homens, com uma lista que incluía (de acordo com os cuidadosos cálculos do senhor Patel) não menos do que trinta novas espécies. E houve uma grande euforia no bar, e alguma consternação. Pois já eram 19h45 e nenhum sinal do senhor Malik. Mesmo tendo perdido o carro no dia anterior não fazia o estilo dele se atrasar. Onde estaria?

O senhor Malik não acordara às seis da manhã para apanhar o avião para a cidade de Kisumu, ao lado do Lago Vitória. Não contratara um carro com motorista para levá-lo até onde o rio Nzioa lançava suas águas para dentro do lago. Não viu por lá flamingos (nem dos maiores nem dos menores), pelicanos (brancos e crespos) e cegonhas (preta, branca, episcopal, jabiru, arapapá, bico-aberto, bico-amarelo).

Nem tinha visto um pato-de-bico-amarelo, um pato-preto-africano, um zarro-castanho, um zarro-negrinha, um pato-de-dorso-branco, nem uma marreca — nem a caneleira nem a irerê —, nem uma dúzia de outras espécies de pássaros que ainda não estavam em sua lista. Na verdade, no que diz respeito a observar as espécies do catálogo oficial de pássaros do Quênia, o dia do senhor Malik fora um fiasco.

Eu não sei o que você teria feito se tivesse tido o carro roubado em circunstâncias como aquela, mas, com a possibilidade de ter em meus braços a mulher dos meus sonhos. Eu teria saído de casa e alugado um outro carro. Alugar carro é caro em Nairóbi, mas é algo que pode ser feito — Harry Khan está zanzando por aí num Mercedes vermelho conversível alugado, não está? Mas o senhor Malik perdera não só o carro e o caderno de notas, perdera também a carteira, e dentro dela estava sua carteira de motorista.

Já me referi ao tempo que se leva para registrar um crime em Nairóbi. Este tempo é um piscar de olhos se comparado ao tempo que se leva para obter uma nova carteira de motorista. Sem este documento, o senhor Malik não podia alugar um carro. É claro que podia ter pedido a ajuda de Deus.

Fui criado segundo a Igreja Anglicana, mas só conheci Deus quando fui ao Quênia. Foi meu amigo Kennedy quem nos apresentou. Quando precisei de uma linha telefônica instalada em minha casa em Nairóbi, fiquei desanimado ao saber que alguns amigos, também recém-chegados à cidade, estavam esperando havia dez meses e ainda não tinham telefone.

— Por que não troca uma palavrinha com Deus? — disse Kennedy. — Vou lhe passar o número Dele.

Usei o telefone de Kennedy para discar o número. Na sétima tentativa consegui falar (lembro-me de pensar, na ocasião, que o sete devia ter alguma conotação divina, mas descobri depois que esta é a quantidade de vezes que normalmente se precisa discar um número para se falar com alguém em Nairóbi).

— Alô — disse Deus, e foi uma revelação. Porque a voz de Deus soava exatamente como a voz de Dele deveria soar. Eu nunca tinha pensado nisso antes. Por ter crescido com o imaginário europeu de Deus, para mim era o suficiente visualizá-lo como um homem branco, venerável e barbudo, mas nunca pensara em como devia ser a sua voz se eu viesse a ter a oportunidade de falar com Ele. Como a de um rabino? Como a do Papa? Como a de Orson Welles? Fiquei maravilhado ao descobrir que a voz Dele era grave, como a de um inglês formado em Oxbridge. Sua voz era exatamente como se esperava que a voz do Deus da Igreja Anglicana fosse, e devo confessar que achei isso bastante tranqüilizador. Quando conheci Deus, em seu espaçoso apartamento adoravelmente mobiliado, em South Parade, sem falar que tinha uma casa bem maior no campo, Ele me convenceu. Descobri, então, que Deus tem na verdade trinta e poucos anos, é charmoso, negro e gay. E que por uma taxa (doação? oferenda?) ele era capaz de conseguir que meu telefone fosse instalado em uma semana.

— Ah, claro — disse Kennedy, assentindo ao ouvir a notícia. — Deus trabalha por meios misteriosos para executar suas maravilhas.

Esta pequena digressão sobre telefones e revelações pessoais foi apenas para ilustrar que no Quênia há sempre meios alternativos de se fazerem as coisas. O senhor Malik podia, se quisesse, ter telefonado e pedido a ajuda do meu Deus ou a de um sem-número de outros deuses para apressar a entrega da segunda via de sua carteira de habilitação. Ele poderia, se assim tivesse escolhido, ter ido a uma empresa de aluguel de carros, explicado sua desagradável situação e descoberto que, por uma pequena taxa extra, os requerimentos legais para conseguir uma carteira de motorista podiam ser dispensados. Mas o senhor Malik não faria isso, porque — como nós já sabemos — é um homem honesto.

Mentir pode metê-lo numa tremenda confusão, mas não é fácil ser honesto. Alguém mostra a você uma fotografia do novo netinho e diz: "Não é lindo?" Sua opinião franca é que, se um macaco com a pele recém-arrancada é lindo, então aquela criança também é; mas você diz isso? Se alguém próximo a mim e de quem eu gosto desfilasse na minha frente com um vestido novo e perguntasse: "Este vestido me deixa com a bunda grande?", eu diria que sim? Não. Embora o senhor Malik nunca tenha se visto num dilema como este (a falecida senhora Malik, como muitas mulheres na África, não tinha atitude tão estranha e moderna com relação às proporções femininas), já lhe haviam mostrado umas tantas fotografias de bebês em seu tempo, às quais até mesmo ele concordara que dar uma resposta honesta significaria demonstrar pouca consideração. Apesar desses lapsos ocasionais, no entanto, a política geral do senhor Malik era a honestidade em qualquer circunstância. Nos negócios, a palavra dele era lei. Se dissesse que ia pagar determinado preço por algo, ele pagava este preço. Se dissesse que forneceria determinada encomenda, ela seria fornecida, e se dissesse que faria a entrega, ela seria feita.

O senhor Malik estava bem a par de como o mundo funcionava. Todos os anos, a Fábrica de Cigarros Jolly Man precisava, como todas as fábricas, ser registrada e licenciada. A lei exigia que ele obtivesse permissão de exportação do Ministério do Comércio e liberação alfandegária do Ministério das Finanças. Todo empregador no Quênia sabe que o Departamento de Imigração tem o poder de fechar um estabelecimento enquanto faz busca por trabalhadores ilegais, e o Departamento de Segurança Nacional agora tem poderes semelhantes. O Ministério da Saúde poderia ter fechado a sua fábrica se houvesse suspeita de que algum de seus empregados contraíra uma das inúmeras doenças contagiosas elencadas no *Diário Oficial*. Sua fábrica só podia, por lei, operar com uma inspeção anual de segurança feita pelo Departamento de Saúde e Segurança do Conselho da Cidade de Nairóbi. O Departamento de Controle de Peste tem poderes semelhantes, enquanto o Departamento de Polícia possui cem maneiras diferentes de tornar a vida difícil se eles assim o desejarem. O senhor Malik era diligente no que dizia respeito a tolerar todas as leis, mas sabia que eram freqüentemente uma questão de interpretação. Embora preenchesse todos os formulários, formulários podem ser perdidos. Assim como a companhia telefônica, qualquer corporação reguladora com algum poder no Quênia funciona com dois serviços paralelos — um formal, que processa a burocracia, e um informal, que se certifica de que a burocracia será processada. Se você pretende que seus formulários não se percam e que as leis sejam interpretadas corretamente, espera-se que pague por ambas as coisas. O senhor Malik não gostava de fazer isso — esta não era uma das razões pelas quais ele escrevia a coluna "Pássaros do mesmo ninho"? Para quebrar o ciclo de corrupção endêmica que ainda congelava a liberdade e a justiça em tantos aspectos da vida no Quênia? Mas neste momento era assim que as coisas funcionavam. Isso fazia parte dos negócios. A vida diária era outra coisa. O senhor Malik recusou-se a pagar um suborno para obter uma segunda via de carteira de motorista ou a pagar uma taxa extra para alugar um carro ilegalmente sem a carteira. Muito cheio de princípios? Excessivamente virtuoso para a realidade? Incorrigivelmente teimoso? Escolha o que quiser.

Mas foi este comportamento que o deixou sem carro numa manhã de segunda-feira.

24

Ao saber do carro, a filha do senhor Malik, Petula, reagiu mais raivosa do que solidariamente.

— Onde é que você estava com a cabeça, papai, de ficar vagando por aquele lugar? Ainda mais sozinho e com um binóculo pendurado no pescoço, pelo amor de Deus! Só faltava pendurar uma placa com os dizeres "por favor, me assalte!". Ah, papai, papai, papai!

Ela balançou a cabeça em sinal de desaprovação, como a mãe costumava fazer para as crianças quando elas aprontavam alguma besteira, e o senhor Malik pensou: "Então agora é isso. Sou a criança e ela é a mãe. Estranho como as coisas se invertem." Ele pediu a ela que o levasse até a cidade para comprar um novo binóculo.

— Olha, vou deixar você quando estiver indo para o trabalho. Mas, por favor, por favor, me prometa que vai apanhar um táxi para voltar para casa.

O senhor Malik prometeu e ela o deixou na Freedom Street. Na vitrine da Amin and Sons General Emporium ele viu um par de Baush & Lomb 7x50s, e, como o próprio Godfrey Amin estava na loja naquele momento, não só conseguiu um bom preço no binóculo como ficou para uma xícara de chá e um bate-papo. E contou ao amigo a história do roubo do carro.

— Ah, e aliás, Godfrey, você tem aí cadernos de anotação?

Encontra-se quase tudo na Amin and Sons. Mostraram-lhe uma grande quantidade de cadernos de tamanhos variados, com pauta, sem pauta, com capa dura, com capa maleável. Ele escolheu um com uma capa azul como o que lhe tinham roubado e o comprou.

— Posso perguntar para que vai usá-lo? — disse seu anfitrião.

— Ah, só para anotar coisas, sabe?

E só depois de dizer esta frase, foi que o horror total tomou conta dele. O caderno de notas.

Se você já experimentou alguma vez a sensação de algo pesado — um enorme coco verde, por exemplo — caindo de uma altura considerável bem em cima de sua barriga, então sabe o que o senhor Malik sentiu naquele momento. O caderno. O que foi roubado. Nele não havia apenas as suas listas de pássaros. Estavam ali as anotações de todas as conversas que tivera com o senhor Nyambe durante os últimos cinco meses. Se o caderno fosse parar em mãos erradas...

O senhor Malik ouvira boatos de que corpos eram enterrados no concreto de construções administradas pelo Ministério do Assentamento. Pessoas que passam pelo prédio do Tesouro à noite contam escutar gritos abafados e não se convencem de que são gritos de alegria dos membros do quadro de funcionários, trabalhando até mais tarde para corrigir erros de contabilidade. Não era boa coisa estar do lado oposto ao daqueles que estão no poder. Procurando por sua carteira nova e ainda não amaciada e entregando umas notas para Godfrey Amin, que ficou sem entender a pressa súbita do cliente, o senhor Malik agarrou a sacola com o novo caderno e o binóculo e se dirigiu à porta. O que ele podia fazer? Precisava de tempo para pensar.

Um táxi o esperava do lado de fora. Ele abriu a porta abruptamente.

— Para onde, senhor?

Para onde? O que fazer? Tantas perguntas.

— Só continue dirigindo — disse ele. Um lugar calmo, algum lugar onde pudesse pensar. O cemitério? Não, o cemitério não. — Para o Arboreto — disse, batendo a porta do carro. — Leve-me para o Arboreto.

O Arboreto de Nairóbi, do lado oposto de onde fica o Parque da Cidade, é de fato um lugar calmo. Fundado nos anos 1920 pelo governo colonial para testar que árvores estrangeiras se adaptariam à região, o Arboreto contém espécies oriundas de todos os cantos do mundo. Há também cristãos. Não sei por que estes poucos acres de terra atrás da universidade atraem cristãos, mas o fato é que atraem e não precisa ser num domingo, em qualquer dia da semana eles estão lá. Os cristãos do Arboreto de Nairóbi não parecem ser do tipo gregários. Embora você esbarre com muitos deles por lá, eles ficam sozinhos, e você vai encontrar um em quase todos os lugares, seja sob a sombra de uma palmeira-das-canárias ou de um carvalho-roble, ou de um eucalipto australiano. Mas com freqüência é possível ver um de pé sozinho no meio do gramado. Com uma Bíblia ou um livro de rezas na mão, ele ou ela estará mantendo uma conversa estável com Deus, algo que, para quem vê de fora, parece ser uma conversa sem resposta, mas quem sabe? E parece que eles mantêm os ladrões afastados do lugar.

Eu devo comprovar esta afirmação. Um tio meu, que morava perto de Godalming, trabalhava no centro da cidade, tomava o trem até lá todas as manhãs e geralmente terminava de fazer as palavras cruzadas do *Times* quando o trem passava ali por Long Ditton (versão deteriorada da estação de transferência Clapham). Certa vez ele me contou que às vezes dividia a cabine de primeira classe com um sujeito que lia o *Daily Telegraph* — que tem palavras cruzadas muito mais fáceis, é claro, mas que fora isso, era bem irrepreensível. O que *era* repreensível, ou ao menos desconcertante, era o hábito desse camarada de, a cada vez que terminava de ler uma página do jornal, rasgar a ponta de cima, fazer uma bolinha de papel com ela, e jogar para fora pela janela. Um dia meu tio não agüentou mais.

— Escute aqui, meu chapa — disse. — Espero que você não se importe que eu pergunte, mas por que você faz isso? Por que você rasga a ponta de cada página do seu *Daily Telegraph*, faz uma bolinha e atira pela janela?

— Ah, você não sabe? — disse o sujeito. — Isso mantém os elefantes longe.

A resposta surpreendeu bastante o meu tio.

— Mas, meu caro, não há elefantes em Surrey.

— Exatamente — disse o sujeito, rasgando mais uma ponta de página. — A técnica é eficaz, não é?

O que quero dizer na verdade é que a ausência de ladrões no Arboreto pode não ter nada a ver com a presença de cristãos. Pode ser que as duas coisas não tenham relação alguma, que se trate apenas de simples coincidência ou então o contrário: a falta de ladrões é que atrai os cristãos. Se são os cristãos que detêm os ladrões ou se é a ausência de ladrões que atrai os cristãos ou se há ainda alguma coisa inteiramente diferente que afeta as outras duas, não importa, o fato é que, comparado ao Parque da Cidade, o Arboreto de Nairóbi é um paraíso de paz e tranquilidade.

O senhor Malik pediu ao motorista do táxi que o esperasse no estacionamento. Ele não planejava ir longe, queria apenas encontrar um banco, sentar e pensar. Abriu o portão verde, virou à esquerda, depois da grande sequóia, e andou em direção a um pomar com cheiro de limoeiro. E que me caia um raio na cabeça se ele não viu, na trilha bem à sua frente, uma poupa.

Há muitos anos minha irmã me deu um presente interessante. Era o pôster tirado da *Boy's Own Magazine* de 1927, na qual se exibiam, contra belas paisagens de árvores, rios, praias e campos, todas as espécies de pássaros que podem ser vistas na Grã-Bretanha. O pisco-de-peito-ruivo, o melro, o sabiá e o uirapuru estavam lá, assim como pássaros menos comuns como o melro-d'água e a águia caçadeira. Dentre as quase trezentas espécies representadas (eram imagens bastante povoadas), havia pássaros que não são residentes da Grã-Bretanha, mas que são visitantes ocasionais — uma coruja das neves da tundra russa, uma garça-vaqueira de Camargue. E no chão, acotovelando-se, entre um abibe e o que eu tenho plena certeza que deveria ser um tordo-zornal, estava uma poupa.

Nunca vi uma poupa na Inglaterra — ela é o que os ornitólogos chamam de "visitante infreqüente" —, mas a primeira vez que eu vi uma na África tive o mesmo sentimento que o senhor Malik está tendo agora. Um sentimento de grande alegria. Há algo no formato do pássaro, no seu bico longo e curvo, em sua crista de palhaço e em sua cor, na plumagem cor de ferrugem bem viva, manchada de listras brancas e pretas — algo inclusive ligado ao próprio nome do pássaro — que simplesmente dá alegria a quem o vê. Pode esquecer o pássaro azul da felicidade, vou sempre preferir uma poupa. Ela não parecia estar com medo algum. Ergueu a cabeça para o lado e olhou para o senhor Malik com um brilhante olho negro. "Não se preocupe", o pássaro parecia dizer. "Seu segredo está guardado. Não se preocupe." O senhor Malik apanhou um lápis no bolso, abriu o novo caderno de anotações na primeira página e escreveu "poupa".

As noites de segunda-feira, no Clube Asadi, são geralmente tranqüilas. É a noite em que o barulho das bolas de bilhar batendo umas nas outras fica mais esporádico, quando os funcionários do bar têm tempo de polir os copos e fofocar sobre o fim de semana, quando é possível encontrar vaga bem ao lado da porta. Mas não nesta segunda-feira. Foi até bom o senhor Malik ter chegado de táxi — se estivesse dirigindo o próprio carro teria que estacionar na rua. O estacionamento estava cheio e o recinto, apinhado de gente. Ele pagou ao taxista e caminhou para o bar, onde encontrou o senhor Patel e o senhor Gopez cercados por uma multidão animada de sócios. O senhor Patel estava debruçado sobre suas listas, sorrindo; de pé, ao seu lado, estava Harry Khan.

— Oi, Jack — disse em voz alta. — Como foi o seu dia?

O senhor Malik tirou o caderno do bolso e o ergueu.

O senhor Patel, levantando os olhos da mesa e acenando para o amigo, disse:

— Khan, trinta. — Ele se levantou e, erguendo o tom da voz, anunciou: — Khan, trinta. Total, 108.

O senhor Malik atravessou a multidão ruidosa. Sem dizer uma palavra sequer, estendeu o caderno novo para o senhor Patel.

O senhor Patel sentou-se e o abriu. Olhou para o senhor Malik sem dizer nada. A multidão fez silêncio. Ele se levantou novamente.

— Malik — disse com voz suave —, um.

Ele tossiu para limpar a garganta.

— Malik, um — anunciou. — Total, 49.

Era verdade. O único pássaro novo que o senhor Malik vira no Arboreto naquele dia fora a solitária poupa.

Ele vira, no entanto, muitos outros mais.

Ave Pernalta

25

Khan, 108; Malik, 49.

Agora, uma coisa pode estar incomodando alguns de vocês. Não estou me referindo ao problema do caderno roubado — tenho certeza de que vocês perceberam bem antes do senhor Malik que, se o caderno caísse em mãos erradas, ele teria problemas. Estou me referindo ao fato de que, segundo as regras da competição, como elas foram elaboradas por Tiger Singh com a concordância de todos os interessados, ficou decidido que os protagonistas não poderiam mencionar nada quanto aos motivos por trás da competição a ninguém de fora do Clube Asadi. Que dizer então sobre o fato de Harry Khan estar fazendo toda a sua busca por pássaros com a ajuda de duas pessoas que não eram membros da agremiação? Ele contou a eles sobre a competição? Se contou, será que quebrou as regras?

E o que dizer sobre o fato de que, enquanto o senhor Malik estava trabalhando sozinho e sem ajuda, Harry tinha a assistência de uma dupla de observadores de pássaros incrivelmente entusiasmados? Isso é permitido? Eu ouço a pergunta de vocês. Isso é *halal*? É aprovado pelo controle de qualidade? Será que isso pode ser visto como cumprimento leal às regras e ao espírito da competição? Para descobrir a resposta para estas (e outras) perguntas, retornaremos ao clube.

Se alguém tivesse cortado uma banana ao meio (uma comum, não uma grande banana-da-terra) e a segurado na frente do rosto de Harry Khan, ela teria coberto, na medida exata, o sorriso largo que agora se espalhava por ele. Malik, um? Isso era motivo de comemoração e de dádiva.

— Os drinques são por minha conta, rapazes.

Enquanto a multidão se dirigia para o bar com Harry Khan no meio, o senhor Malik sentou-se ao lado dos amigos.

— O que aconteceu? — disse Patel.

— É exatamente esta a minha pergunta — disse o senhor Gopez.

— Ah, nada — disse o senhor Malik. — Bem, é uma história longa.

— A que horas o clube fecha hoje, A.B.?

— Segunda-feira? À meia-noite, como sempre.

O senhor Patel olhou para o relógio e depois para o senhor Malik.

— Temos quatro horas, então. É tempo suficiente?

O senhor Malik sorriu. Os dois copos com cerveja até a metade, que estavam na frente dos amigos, fizeram-no se dar conta de que estava com sede. Estava prestes a fazer um sinal para o garçom quando, carregando uma bandeja cheia, Harry Khan saiu subitamente do meio da multidão que se aglomerava em volta do bar.

— Aí está, rapazes, algo fortalecê-los.

Cinco copos de Tusker saíram da bandeja para a mesa. Não ficou bem claro para quem seria o quinto copo até que a figura familiar de Tiger Singh também surgisse do meio da multidão.

— Uma noite bastante satisfatória, cavalheiros — disse. Ele olhou para o senhor Malik e apanhou um copo de cerveja. — Quero dizer, para o clube. Geralmente não temos tanta gente no clube numa segunda-feira. Mas antes de fazermos qualquer outra coisa, o Khan aqui me diz que há uma questão que gostaria que fosse discutida e para a qual queria que se criasse uma regra.

Os dois sentaram-se à mesa.

— Cavalheiros, à sua saúde — disse Harry Khan, erguendo o copo.

— Sim, o que eu quero saber é sobre amanhã. É terça-feira. Há a caminhada dos pássaros. Está de pé ou não? Podemos ir ou não podemos ir?

— Não vejo por que não — disse Patel.

— Eu vejo — disse o senhor Gopez.

— Humm... Este pode ser um caso, penso eu, no qual *adhuc sub judice lis est*, o processo ainda está sendo julgado — disse Tiger. — Acho que o Comitê precisa discutir a questão. Senhor Patel, o senhor tem uma cópia das regras? Venham, cavalheiros.

Os três membros do Comitê Especial deixaram nossos dois protagonistas sentados sozinhos, enquanto se retiraram para uma mesa separada. O senhor Gopez expôs o problema como ele o via.

— O primeiro problema é a dama. O acordo diz claramente que nenhuma das partes deve entrar em contato com a dama durante o concurso até que este chegue a uma conclusão. Se a ida a uma caminhada dos pássaros na qual a dama mencionada estará presente não é contato, então não sei o que é.

— Compreendo seu argumento, é claro, A.B. — disse Tiger. — Mas você verá na verdade que o termo "contato" está bem delimitado. — Ele mostrou a segunda página do acordo. — "As partes também concordaram que entre agora e o momento em que o desafio se encerrar não podem estabelecer contato (pessoal, telefônico ou epistolar, nem por meio de uma terceira pessoa, nem por meio algum) com a dama anteriormente referida." Parece-me que desde que eles não falem com ela ou lhe passem um bilhete de amor não há razão alguma pela qual eles não possam ir à grande caminhada dos pássaros. O que você acha, Patel?

Patel se recostou em sua cadeira.

— É capcioso. Quando é que contato é contato? Um dilema digno de um presidente dos Estados Unidos, não acham?

— Ora vamos, Patel — disse o senhor Gopez. — Nós somos o maldito Comitê. Vamos simplesmente dizer não e pronto.

— Nós somos de fato o Comitê, A.B., estou certo de que Tiger concorda com isso. E, enquanto membros do Comitê que somos, nosso trabalho é discutir as questões quando elas são levantadas.

— Mas, deixando de lado o fato de eles por acaso prometerem não entrar em contato com ela, por que razão eles iriam? Se ambos forem, verão os mesmos pássaros que já viram e nenhum dos dois sairá com vantagem.

— Acho que tem uma coisa que você não está compreendendo aqui, A.B. A questão em discussão, corrija-me se eu estiver enganado, Tiger, não é se eles devem ir ou não, mas sim se eles podem ir.

— Podem ir, devem ir, não seja tão molenga. Vamos dizer logo a eles que não podem ir.

Tiger achou que era o momento de interferir.

— Minha sugestão, cavalheiros, é a seguinte. Num caso como este, não vejo por que não consultar as partes. Se ambos concordarem, muito bem. Se um deles discordar, então não podem ir. O que vocês acham?

— Por mim, tudo bem — disse Patel.

— Ah, está bem — disse o senhor Gopez.

— Devemos consultá-los separadamente, no entanto — disse Patel. — É importante que nenhum dos dois se sinta pressionado.

— Com certeza — disse Tiger. — Vamos ouvir a opinião deles e depois apresentar nossa decisão. Agora, qual dos dois devemos ouvir primeiro?

Não há prêmios para quem adivinhar a opinião do senhor Malik a respeito dessa questão. Só porque ele embarcou nesta bizarra competição e só porque perdeu seu caderno de anotações, não significa que ele esqueceria sua coluna "Pássaros do mesmo ninho", para a qual o relato regular de Thomas Nyambe era, como Tiger teria dito, condição *sine qua non*. Ele também podia assegurar o Comitê de que havia poucas chances de Rose Mbikwa estar lá. Lembrava-se de que ela dissera que estaria fora naquela semana e era improvável que tivesse mudado de idéia. Ele deu sua opinião ao Comitê. Disse que cada um ou ambos deveriam ter permissão para ir à caminhada dos pássaros. Estava agora nas mãos de Harry Khan tomar sua decisão.

Harry precisou fazer algumas contas rápidas, e as contas que fez foram as seguintes. Se Rose estaria ou não lá era irrelevante. Ele estava bem à frente da disputa e tinha se mantido assim nos últimos dois dias. Agora, se ambos, ele e Malik, fossem à caminhada dos pássaros no dia seguinte, provavelmente veriam as mesmas aves e no final das contas ele ainda ficaria na frente com a mesma margem de diferença. Então, na pior das hipóteses, esta era uma opção segura. Mas, se nenhum dos dois fosse à caminhada dos pássaros e ele fosse a algum lugar diferente novamente com David e George (eles já tinham considerado o lago Magadi como uma possibilidade), teria uma boa chance de ampliar ainda mais sua vantagem sobre Malik. Por outro lado, ele tinha que admitir que andava um tanto preocupado quanto à questão George e David. As regras não diziam que não se podia buscar ajuda para encontrar pássaros, mas também não diziam especificamente que não havia problema algum. Havia uma pequena possibilidade de ele ser punido por isso. Mas se ele e Malik fossem à caminhada dos pássaros no dia seguinte, onde todos estariam se ajudando mutuamente, o problema estaria resolvido. Os dois teriam se beneficiado abertamente da ajuda de outras pessoas para encontrar pássaros e não poderia haver qualquer objeção futura a alguma ajuda que ele pudesse ter tido ou vir a ter de qualquer pessoa. Isso fazia muito sentido — é, muito sentido.

— Certo. Se para Jack está tudo certo, então está tudo certo para mim também; ah, eu me lembrei do apelido.

O Comitê anunciou sua decisão, Tiger voltou para a mesa de bilhar e o senhor Malik sentou-se com o senhor Gopez e o senhor Patel em sua mesa habitual.

— Aliás, Malik, A.B. e eu estávamos nos perguntando — disse o senhor Patel, apanhando os óculos. — Que história é esta de "Jack"?

— Meu Deus — disse o senhor Malik, levantando-se novamente —, como está tarde!

Estorninho

26

Embora a poupa tenha sido o único pássaro que o senhor Malik registrou em sua visita ao Arboreto, não foi o único que ele viu. Pardais fuxicavam e brigavam sobre latas de lixo. Um bando de estorninhos resplandecentes se exibia atravessando o gramado, à procura de minhocas ou de outro invertebrado infeliz. Rolas de olhos vermelhos se agitavam por entre o bosque de bambus arrulhando sua mensagem simples, embora tediosa — eu sou uma rola de olhos vermelhos, eu sou uma rola de olhos vermelhos. Mas estes eram apenas os habituais, ou pássaros de jardim — nenhum que o senhor Malik já não tivesse em sua lista.

Aquele era um beija-flor real movendo-se rapidamente entre as folhas de eucalipto com cheiro de limão? O senhor Malik levou o novo binóculo aos olhos. Não, não tinha o peito suficientemente vermelho. Devia ser um um beija-flor brilhante macho — ele vira muitos destes antes. Mas não tem importância que não fosse uma nova espécie para a sua lista, era uma coisinha bonitinha. O passarinho minúsculo voou para uma bisnagueira e, ignorando o rapaz que balançava para frente e para trás enquanto murmurava rezas para os galhos mais baixos, começou a chupar néctar de uma das flores bem vermelhas com seu bico longo. À esquerda, fora da trilha, uma moça jovem conversava com um jacarandá (os cristãos do Arboreto, ele já notara, estavam presentes, como de costume, em grande quantidade). A trilha à direita levava ao rio. Uma terceira trilha levava a um pequeno bosque de araucárias. Havia um outro lugar para descansar as pernas ali, um lugar mais tranqüilo, onde ele poderia se sentar e pensar com mais clareza sobre o caderno roubado. Tomou a trilha do meio.

Muitos de vocês devem conhecer a família *Araucariaceae*, o grupo de árvores cujos membros incluem a árvore "quebra-cabeça de macacos" da América do Sul, a *Araucaria araucana*. A família também ostenta diversas espécies australianas, e o senhor Malik foi em direção a uma destas — *Araucaria bidwillii*, a bunia-bunia do sudeste de Queensland.

Ele meditava enquanto vagava: o que deveria fazer? Espanou algumas folhas pontudas do banco vazio sob a árvore. O que ele *podia* fazer? A resposta parecia clara. Absolutamente nada. E talvez a poupa estivesse certa. Mesmo conjecturando que um dos ladrões tivesse lido o caderno furtado — e isso supondo que algum deles soubesse ler —, não conseguiriam extrair nada dali. Seu nome não estava ali, nem o de seu amigo, o senhor Nyambe. Como eles poderiam saber que o marabu tão freqüentemente mencionado se referia ao ministro da Defesa? Que o abutre era o ministro da Segurança? E até mesmo se, numa possibilidade remota, eles conseguissem juntar dois mais dois, por que eles fariam alguma coisa com estas informações? Mas, por outro lado, talvez a poupa estivesse errada... Foi bem quando ele estava prestes a se sentar e a tentar mais uma vez se certificar de que nada poderia acontecer que a árvore falou.

— Oi — disse a bunia-bunia. Não havia nenhum sinal de sotaque australiano.

A primeira reação do senhor Malik foi naturalmente a de ignorar o cumprimento.

— Oi — disse a árvore novamente. — Senhor Malik, é o senhor?

É desconcertante ter uma árvore falando com você. E é duplamente desconcertante quando a árvore claramente reconhece você, mas você não tem nenhuma lembrança de ter sido algum dia apresentado a ela. O senhor Malik estava começando a se sentir em solo vacilante. Levantou-se e se preparou para ir embora dali.

— Senhor Malik, por favor, preciso de ajuda.

Agora que ele estava a alguns passos de distância, percebeu que a voz parecia vir da metade de cima da árvore. Quando levantou o olhar, viu um rosto negro, de cima dos galhos altos, olhando para baixo, um rosto que era claramente humano, um rosto que ele reconheceu. Pôde ver apenas o rosto, uma vez que o corpo estava escondido pelas folhagens.

— Benjamin — disse, um tanto aliviado. — Que diabos você está fazendo aí em cima?

Ele sempre se perguntara o que o garoto fazia às segundas-feiras em suas manhãs de folga.

— Eu subi aqui.

— Você está preso?

— Preso não, senhor Malik, mas preciso de ajuda. Não posso descer.

Isso não parecia fazer nenhum sentido.

— Por que você não pode descer?

— Porque estou sem roupas.

O senhor Malik não sabia ao certo se isso fazia algum sentido.

— Por quê? — disse.

— Eu tirei as roupas.

— Você tirou as roupas e subiu na árvore?

— Não, não, senhor Malik, não foi assim, não — disse Benjamin. — Primeiro subi na árvore, depois tirei as roupas.

— Por quê? — perguntou novamente.

— Ele disse que eu tinha que subir, o jovem cristão. Disse que quando ele queria estar mais perto de Deus ele subia numa árvore.

— Sem roupas?

— Ele disse que se eu quisesse realmente me aproximar de Deus deveria tirar toda a roupa, como Adão no Jardim do Éden.

— Bem, coloque as roupas de volta e desça.

— Não posso. Ele disse que eu tinha que atirá-las longe.

— Ora, onde elas estão?

— Ele disse que ia procurá-las para mim.

— Ora, e onde está ele, esse homem cristão?

— Não sei. Foi embora há muitas horas. Levou minhas roupas e meus sapatos também. E não voltou.

Na escala do bizarro e do improvável, aquela história parecia alcançar um grau bastante alto, embora, se comparada à situação constrangedora de conversar com uma árvore, o grau de estranheza caísse consideravelmente.

— Senhor Malik, o senhor pode me ajudar?

— Claro, Benjamin — disse ele. — Vou ajudar você.

Ele levou vinte minutos para ir até em casa de táxi, mais vinte para encontrar a chave extra do quarto de Benjamin e juntar algumas roupas. Não achou nenhum sapato, então levou um par de sandálias de dedo. Ao voltar para a árvore, viu que Benjamin se recusara a descer para os galhos mais baixos.

— Alguém pode me ver, senhor Malik. Foi por isso que fiquei aqui em cima.

O senhor Malik considerou válido o argumento do rapaz. A 45 metros dali, a moça ainda estava conversando com o jacarandá e um grupo de crianças da escola primária acabara de correr pelo gramado encaminhando-se em direção a eles.

— Posso compreender sua dificuldade, Benjamin — disse. — Mas não vou poder de jeito nenhum subir nesta árvore para entregar as roupas a você. A única saída é você descer.

— Senhor Malik, eu estava pensando se o senhor não teria um pedaço de barbante.

— Um pedaço de barbante?

— É. O senhor poderia jogar o barbante aqui para cima, e eu deixava uma ponta cair. O senhor então amarraria as minhas roupas no barbante. Depois eu poderia me vestir e descer da árvore.

Uma meia hora mais tarde o senhor Malik voltou da Amin and Sons General Emporium — "Não me pergunte, Godfrey, por favor, não me pergunte" — com uma bola de barbante de sisal da extensão exata. Fez várias tentativas dignas de uma menina de jogar o barbante para Benjamin em cima da árvore. Quando finalmente conseguiu, a ponta do barbante caiu na sua frente, as roupas foram içadas e, depois de alguns minutos, Benjamin desceu.

— Obrigado, senhor Malik — disse ele.

— Por nada — disse o senhor Malik. — Agora vamos para casa.

Eram estes os eventos que ele ia contar aos amigos no clube naquela noite, até Harry Khan mencionar o odioso apelido. Ao sair às pressas do clube ele pensou que talvez tivesse sido melhor mesmo não ter contado nada.

Afora a parte em que ele vira a poupa, eles talvez nem tivessem acreditado no resto da história.

Águia-de-Poupa

27

Thomas Nyambe ficou surpreso na manhã seguinte ao ver seu amigo, o senhor Malik, saltar, na frente do museu, de dentro de um táxi. Mas não havia tempo para explicações. No momento exato em que o senhor Malik terminou de pagar o taxista, Jennifer Halutu apareceu nos degraus.

— Sejam todos bem-vindos à caminhada dos pássaros das manhãs de terça-feira.

A leve decepção do senhor Malik ao ouvir aquelas palavras vindas de uma voz que não era a de Rose foi abrandada pelo alívio. Sua ausência temporária certamente tornava as coisas muito mais simples.

— Como muitos de vocês vão se lembrar, enquanto Rose Mbikwa estiver fora, ela me pediu gentilmente que guiasse a caminhada dos pássaros, se vocês não se importarem.

Houve murmúrios de aprovação. Jennifer podia não ter a projeção de voz de Rose, mas sabia muito sobre pássaros e todos gostavam muito dela.

— Eu sei que já passam das nove, mas nós vamos esperar mais alguns minutos. Estou vendo que muitos dos freqüentadores habituais não estão aqui ainda, mas, por causa de toda a chuva da noite passada, sei que o trânsito está ruim esta manhã. Então eu estava pensando que deveríamos tentar ir à estação agrícola.

Quando havia transporte suficiente, a Estação de Pesquisa Agrícola do Estado em Kichaki era outro lugar habitual das caminhadas dos pássaros de terça-feira. Os pequenos grupos retomaram suas variadas conversas. O senhor Malik encaminhou-se para o fim da concentração de gente. Ele estava ouvindo Patsy King dizer a Jonathan Evans que a precipitação fora de época da noite anterior se deu provavelmente por causa do mesmo sistema de baixa pressão que vinha causando tanta destruição na costa quando Thomas Nyambe veio em sua direção para saudá-lo. Eles se cumprimentaram.

— Seu carro está no conserto? — perguntou Thomas Nyambe.

O primeiro impulso do senhor Malik foi o de descrever os dolorosos eventos de domingo ao seu amigo, mas pensou duas vezes. Não havia necessidade de incomodar o senhor Nyambe com os seus problemas. Depois pensou mais uma vez.

— Foi roubado, infelizmente.

E explicou ao amigo o que acontecera, embora não tenha mencionado o caderno. Não havia por que preocupá-lo quando nada podia ser feito quanto a isso.

— Mas, como disse minha filha Petula, foi culpa minha. Eu nunca deveria ter ido ao Parque da Cidade sozinho. Tive o que mereci e fico grato por não ter acontecido nada pior.

— Talvez não nos caiba julgar o que merecemos ou não, meu amigo, embora eu creia saber o que bem merecem as pessoas más que roubaram seu carro. O que você estava fazendo no parque?

— Bem... — principiou o senhor Malik cuidadoso com as palavras para não falar demais. — Bem, está havendo uma espécie de competição no meu clube: quem consegue ver a maior quantidade de espécies de pássaros em uma semana.

Aí está. Isso não entregava muito o jogo.

— Que idéia esplêndida.

— Ah, você acha?

O sorriso de Thomas Nyambe se alargou.

— Claro, uma idéia maravilhosa. Isso vai ajudar as pessoas a verem a beleza que há em torno delas. Tantas pessoas não vêem, você sabe. Quantos você viu até agora?

— Vi 49.

— Nossa, 49, parece muito bom. Parabéns.

A conversa deles foi interrompida pela chegada de Tom Turnbull, cujo Morris Minor parecia ter adquirido uma nova indisposição pelo jeito como chegou engasgando como um cortador de grama. No momento em que estava estacionando ao lado do Land Rover de Patsy King, um borrão vermelho e uma cantada de pneus anunciaram a chegada de Harry Khan, e todos puderam comparar o movimento das chaves de Tom Turnbull, tentando fechar a porta do velho Briton, com o movimento único da tranca sólida da porta de um moderno carro alemão. Quando Harry Khan acenou para o senhor Malik com um sorriso largo, Thomas Nyambe desviou os olhos do espetáculo, virou-se para o amigo e pareceu ler alguma coisa em suas feições.

— Aquele homem... ele está no seu clube? Está participando da competição também?

O senhor Malik assentiu.

— E como ele está se saindo?

O senhor Malik olhou para o chão.

— Viu 108 — disse.

Thomas Nyambe, como de costume, apenas sorriu.

— Ei, Malik. Ainda está sem carro, hein? Precisa de uma carona?

Ele viu que os turistas australianos tinham aparecido novamente.

— Tem espaço para...?

— Sim, tem espaço para mais um atrás. Entra aí, Jack.

O que o senhor Malik ia perguntar era se havia espaço para dois. Não estava certo se queria entrar em lugar algum com Harry Khan.

— Por que *você* não vai com ele? — sugeriu Malik, guiando o amigo em direção ao Mercedes vermelho. — Eu arrumo alguma outra carona.

Com a ajuda das indicações de Thomas Nyambe, bom conhecedor do local, Harry Khan e sua trupe chegaram à estação agrícola antes dos outros, mas não tiveram que esperar muito tempo. Thomas Nyambe ficou aliviado ao ver que o senhor Malik conseguira de fato uma carona no banco da frente do Morris de Tom Turnbull com quatro JOs apertados no banco de trás. Depois que todos se reuniram do lado de dentro dos portões, andaram em direção às plantações de café, passando pelo lago e localizando, logo no início do caminho, um grande frango-d'água-azul, que, por trás dos juncos, tentava com empenho, mas sem sucesso, não ser notado, e um dom-fafe tecedor que parecia não se incomodar de estar sendo observado enquanto arrancava fios de um junco morto para fazer seu ninho. O senhor Malik perguntou ao amigo as novidades da semana. Depois de trocarem notícias sobre pais, filhos e netos, abriu seu novo caderno (já decorado com o agora costumeiro esboço de uma águia-preta feito com caneta esferográfica na capa) na segunda página e começou a anotar os rumores, as histórias e os escândalos que serviriam de assunto para a próxima matéria da coluna "Pássaros do mesmo ninho".

Com a lama que a chuva da noite anterior criou, o ritmo da caminhada estava um pouco lento (era impressionante a freqüência com que Patsy precisava se apoiar nos ombros de Jonathan Evans para não escorregar). O ponto alto da caminhada foi a visão de uma águia-de-poupa pousada no galho de uma árvore com o que parecia ser o rabo de um rato balançando no canto do seu bico. A julgar pela expressão sonolenta do pássaro, o resto do rato estava sendo digerido dentro dele.

— Mas, para esta competição — disse Thomas Nyambe —, você pretende ir a algum lugar especial esta tarde?

— Ah, não, esta tarde não. — Então o senhor Malik deu um tapinha no seu caderno. — Preciso escrever.

— É claro, que besteira a minha. Mas e amanhã?

Sim, onde ele iria amanhã? O senhor Malik não tinha realmente pensado nisso.

— Não sei — disse. — Sem carro fica um pouco difícil.

— Eu estava pensando aqui, você teve a idéia de ir ao escoamento de esgoto?

— Não, por quê?

— Ah, nunca se sabe o que se pode ver no escoamento de esgoto. Nós costumávamos ir muito lá há alguns anos, mas as pessoas não gostavam do cheiro. Com este tempo e tudo o mais, vale a pena tentar, especialmente nessa época do ano.

Embora o senhor Malik não conseguisse entender qual seria a conexão entre a chuva recente e a abundância de avifauna nos escoamentos de esgoto de Nairóbi, ele não disse nada.

— Bem, você teria que apanhar um táxi — disse o senhor Nyambe, abrindo um largo sorriso —, mas imagino que vai achar que o preço valerá a pena. E me dê o número da placa de seu carro. Vou pedir aos outros motoristas que fiquem de olho. Nunca se sabe.

Enquanto o senhor Nyambe continuava a informar o senhor Malik sobre as últimas fofocas do governo, os dois amigos ficaram um pouco para trás do restante do grupo. A conversa deles foi interrompida por um pequeno ruído.

— Eu acho... — disse o senhor Malik, ao ouvir um curto e alto piip. — Isso parece o barulho do... é sim, é ele. Olhe, um pica-peixe-de-poupa. — Como uma flecha azul, o pica-peixe-de-poupa atravessou em direção ao lago. Pousou num galho baixo sobre a água, levantou e depois abaixou sua crista azul-clara e ficou parado como um gato, olhando fixo para a água. Com seu bico vermelho e o laranja vivo de seu peito, parecia algo que poderia estar numa vitrine de joalheria.

— Este é realmente um belo pássaro — disse o senhor Nyambe. — Todos os pássaros são belos, mas este é um dos mais belos.

— É verdade, vou chamar os outros.

— Mas e o...

O senhor Nyambe não terminou sua pergunta. É claro que os outros tinham que ser chamados. Incluindo Harry Khan.

O senhor Patel determinou que a caminhada dos pássaros daquela manhã tinha acrescentado na verdade duas novas espécies à lista de Harry Khan — uma vez que um frango-d'água-azul e uma águia-de-poupa já constavam de sua lista e ele ainda não tinha visto um dom-fafe tecelão nem um pica-peixe-de-poupa ("foi bom", pensou Harry, "que todas aquelas outras pessoas estivessem lá para apontar os pássaros para ele e para Malik"). Ele acatou as adições à sua lista principal com um sorriso, acenou para o pessoal e seguiu em direção à porta.

— Espere, espere, espere — disse o senhor Gopez. — Você não pode ir embora ainda; Malik ainda não chegou. A lista dele não foi checada.

— Desculpe, gente, tenho que ir. Tenho certeza de que vocês podem cuidar da lista de Malik, sem problemas.

— Espere, espere, espere, *espere* — disse o senhor Patel. — O que estamos dizendo é que você *tem que* ficar. São as regras.

— Acho que não, rapazes. Tenho um encontro com uma gata, preciso me mandar.

— Tiger, diga a ele. São as regras, não são? — disse o senhor Gopez. — Diga ao Khan que ele tem que esperar pelo Malik.

Tiger levantou os olhos da mesa de bilhar, onde esperava sua vez para fazer uma difícil jogada.

— Não, acho que ele não precisa ficar. Acho que as regras não o obrigam a ficar. Ele pode ir se quiser.

— Ótimo. Vejo vocês amanhã, rapazes.

Quando Harry Khan saiu do estacionamento do clube, viu um táxi chegando. "Então Jack ainda não conseguiu recuperar o carro", pensou.

— Não foi o Khan que eu vi saindo agorinha?

O senhor Malik colocou o caderno de anotações sobre a mesa perto do bar e se acomodou numa cadeira ao lado dela.

— Foi. Ele disse que não podia esperar. Espero que você não se importe.

— Sem problemas — disse o senhor Malik.

— Viu alguns novos na caminhada dos pássaros de hoje, não viu? — disse A.B. — Khan nos contou que vocês dois foram, mas ele só viu dois novos. Quantos você viu?

— Só um, acho.

O que era inteiramente verdade. Com exceção do pica-peixe-de-popa, todos os pássaros daquele dia já estavam na lista do senhor Malik.

— Você vai ter que dar uma melhorada neste trabalho, meu velho. Se você me perguntasse, eu diria que está na hora de arregaçar as mangas.

— É verdade, sei que você...

— Só faltam três dias. Isso deixou Khan com 110 e você, com 50.

— É — disse o senhor Malik —, eu sei.

Cuco - esmeraldino

28

— Estou vendo que ainda está sem carro — disse o senhor Patel.

Era noite de quarta-feira, e o senhor Malik teve, mais uma vez, que apanhar um táxi até o clube.

— Pois é. Harry Khan já esteve aqui?

— Esteve — respondeu o senhor Gopez. — Disse que não podia esperar de novo. Espero que não se importe.

— Não me importo nem um pouco — disse o senhor Malik, tirando o novo caderno de anotações do bolso do casaco e colocando-o na mesa. — Como ele se saiu?

— Quantos foram, Patel? Dez novos?

— Foram 12, A.B., 122 no total. Eu lhe disse que precisava arregaçar as mangas, Malik. Ele está bem na frente.

— Nossa, 12! Aonde ele foi?

— Ao lago Naivasha, parece — disse o senhor Gopez.

— Ao lago Naivasha e ao Parque Nacional de Hell's Gate — acrescentou o senhor Patel. — E você?

— Ah, só ao escoamento de esgoto.

— Escoamento de esgoto? — exclamou o senhor Patel.

— Escoamento de esgoto? — repetiu o senhor Gopez.

— Escoamento de esgoto, meu velho? — disse ainda Tiger Singh, em voz alta, lá do bar.

— Está tudo anotado aí — respondeu o senhor Malik, apontando para o caderno que ainda estava na mesa. — E enquanto os senhores cavalheiros fazem a soma de quantas novas espécies vi no escoamento de esgotos, acho que vou pedir uma cerveja.

— Está precisando tirar o gosto ruim da boca, hein, Malik? — brincou o senhor Patel. — Muito bem, vamos ver como você se saiu hoje.

Ele apanhou o caderno do senhor Malik, abriu-o e começou a contar.

Imagino que deva haver algumas desvantagens em ser um pássaro. Não ter lábios nem dentes, por exemplo, apresenta limitações severas para as expressões faciais e sem dúvida para a enunciação clara das consoantes fricativas. Sem polegares e dedos um pássaro deve encontrar dificuldades em lançar uma bola de críquete com efeito. E se, por um lado, as penas são muito boas para criar uma superfície aerodinâmica e também servem como um excelente isolante térmico, por outro, elas provavelmente tendem a se tornar um pouco sufocantes num dia quente. Mas a maior vantagem que vejo em ser um pássaro (sem desrespeito a nenhum avestruz, emu ou pingüim que porventura esteja lendo isso) é que se pode voar.

Vamos supor que você fosse um caranguejo, digamos, lá na costa. Uma enorme tempestade vem vindo, o que você faz? Cava um buraco bem fundo e reza para que o melhor aconteça, imagino eu. Mas se você é um pássaro, olha para aquelas enormes nuvens negras vindo na sua direção, abre as suas asas e voa depressa para o lado oposto. Se por acaso você está na costa do Quênia quando, do leste, uma enorme tempestade se aproxima, você, naturalmente, se dirige para o oeste. Depois de umas duas horas de vôo, você pode procurar por um lugar para descansar. Ah, o que é aquilo lá embaixo? É uma série de grandes lagos que estou vendo? Alguns cheios de água, outros cheios de uma ótima lama molhada? Olha, isso parece o lugar ideal para dar uma parada e talvez encontrar uma ou outra minhoca. E aí você voa para baixo. É por isso que, quando uma grande tempestade cai na costa do Quênia, um dos melhores lugares para observar pássaros é o escoamento municipal de esgoto de Nairóbi.

O senhor Malik seguiu à risca o conselho do senhor Nyambe e pediu um táxi de manhã bem cedo. Quando chegou ao escoamento de esgoto parecia que todos os pássaros de toda a costa da África Oriental já estavam lá. Aves pernaltas aos milhões: abibes-preto-e-branco de pé como estátuas junto aos lagos, maçaricos-galegos e fuselos investigando a lama com bicos de cimitarra, lavadeiras bicando de leve os pequenos resíduos brancos e brilhantes na água rasa e marcando pontos. Dúzias de garças e garças-brancas-grandes esfaqueavam a água em busca de peixe ou de insetos. Grandes grupos de cormorões se aglomeravam, grandes e pequenos, nadando e mergulhando. Gaivotas e andorinhas-do-mar mergulhavam e disputavam, patos espirravam água e gansos remavam. Havia até — e o senhor Malik precisou tirar o binóculo dos olhos e esfregá-lo duas vezes antes de conferir novamente — três grandes flamingos cor-de-rosa.

O senhor Malik lembrava-se da primeira vez em que vira um flamingo. Fora em 1955, pouco antes de entrar para o Eastland High. Seus pais tinham levado a família para um hotel de fim de semana, numa excursão ao lago Borgoria. Quando o carro deles chegou ao topo das colinas baixas e ele viu pela primeira vez o lago se estendendo diante deles, pôde ver que toda a sua margem estava coberta de rosa. Numa rápida olhadela, não viu três, nem trezentos, nem três mil, mas um milhão de flamingos. Não havia espaço na sua imaginação de menino de 11 anos para tantos pássaros. Mas ele nunca vira um flamingo em Nairóbi. Enquanto olhava e anotava, olhava e anotava, desejava que seu amigo, o senhor Nyambe, estivesse com ele. O senhor Malik teria gostado de poder agradecer ao senhor Nyambe por ter lhe dado a dica do lugar, e ele tinha certeza de que o senhor Nyambe teria sentido quase o mesmo prazer que estava sentindo de ver aqueles pássaros.

— Você não terminou de contar, ainda, Patel?

— Terminei, A.B., e esqueçam o cheiro do esgoto. Malik, meu velho, eu retiro tudo o que disse. Acho que podemos estar sentindo aqui a doce essência da vitória, cavalheiros. Eu contei... 74.

— Deixa de ser bobo, Patel. Impossível. Não acredito.

— Pode olhar você mesmo, A.B.

— Você deve estar perdendo o rumo, ficando confuso. Não quero saber o total, quero saber quantos pássaros novos ele viu hoje.

— É isso que estou dizendo a você, 74.

Ele foi até o quadro de avisos, riscou um xis sobre o número total anterior e anotou a nova soma.

— Khan, 122; Malik, 124. Malik está na frente.

O que parecia ser uma corrida de um só cavalo estava agora pau a pau.

— Esplêndido trabalho, Malik — disse o senhor Gopez. — Fico feliz em ver que você acatou o meu conselho.

— O escoamento de esgoto, hein? Quem poderia imaginar? — disse o senhor Patel começando a dar risadinhas. — Devia estar apinhado de hadadas lá.

— Isso não importa — disse Tiger. — O que conta são os números. Muito bem, Malik.

— Acho que alguém devia avisar a ele — disse Patel.

— Pensei que nós tivéssemos acabado de contar a ele — disse o senhor Gopez. — Você estava prestando atenção, Malik? Você estava ouvindo tudo isso, não estava? Você sabe que está na liderança?

— Não a ele, A.B., a Khan. Alguém deveria dizer a Khan.

— Dizer a ele? Como? Ele não está aqui.

— Eu sei que ele não está. Que ele foi embora. Por isso mesmo alguém devia contar a ele.

— Besteira. Se ele vai sempre embora antes de Malik chegar, então, pior para ele.

— Sei disso, mas é justo que ele saiba.

— As regras não dizem nada sobre termos que contar a ele.

— Eu sei que elas não mencionam isso, mas... bom, o que você acha, Tiger?

— Eu acho que A.B. está certo — disse Tiger. — *Ex proprio motu*, por iniciativa própria e tudo o mais. Não há nada mesmo nas regras que diga respeito a isso. Cada uma das partes interessadas concordou em aparecer aqui todas as noites da competição, mas nada foi dito sobre permanecer aqui.

— Se vocês me dão licença, cavalheiros — disse o senhor Malik. — Preciso dar um telefonema.

Foi dito ao recepcionista do Hilton que quem estava telefonando não gostaria de perturbar o senhor Khan, mas desejava apenas deixar uma mensagem. A mensagem era bem curta. Cento e vinte e quatro. Sim, é só isso. Cento e vinte e quatro. E o senhor Malik teve que admitir, ao colocar o telefone no gancho e voltar ao bar, que aquela curta conversa agradou muito a ele.

Assim que recebeu a mensagem, Harry Khan soube exatamente o que aquelas palavras significavam. Telefonou para David e George para convocar uma reunião imediata no saguão do hotel.

— Certo — disse David. — Está na hora de se mover. Já cobrimos a costa, já cobrimos o lago, acho que chegou o momento de irmos em direção às colinas.

— Achei que nós já estávamos nas colinas — disse George. — Qual é a altitude de Nairóbi, mais ou menos 1.500 metros?

— Às montanhas, então. Kilimanjaro.

Foi a vez de Harry se meter e usar o pouco conhecimento de geografia que aprendera com Rose.

— Kilimanjaro, embora perfeitamente visível de Nairóbi num dia de céu aberto fica, na verdade, na Tanzânia. Fora das fronteiras, gente. O monte Quênia talvez fosse uma boa opção.

— Perfeito — disse David. — Toda uma nova gama de avifauna, dá até para imaginar.

— Papa-figos-de-cabeça-verde — disse George, folheando o livro sobre pássaros —, olhos-brancos, *tauraco hartlaubi*. Aqui diz que há boas chances de ver um abutre-barbudo. Pode ser um pouco complicado fazer tudo isso em um dia só, no entanto. É uma estrada bem antiga.

— Quem falou em pegar estrada? — disse Harry.

Na manhã seguinte eles estavam novamente de pé ao amanhecer. Um avião pequeno os esperava no Aeroporto Wilson e às 8h30 estavam tomando café da manhã na varanda do Clube de Safári do Monte Quênia, enquanto o guia local de vida selvagem explicava qual seria a programação do dia. Eles fariam primeiro um passeio pelas redondezas do clube, depois ele os levaria de Land Rover para o parque nacional. Harry gostou de ouvir as palavras "Land Rover". Mesmo ali no pé da montanha, o ar era tão rarefeito que ele teve dificuldade de respirar só de subir os degraus na frente do clube.

Com a ajuda do guia (treinado, como vocês já deviam estar imaginando, por Rose Mbikwa), eles viram, a pouco mais de dois metros do Clube de Safári, um abutre-barbudo competindo, bem em cima deles, com uma jovem águia-preta. Na primeira meia hora que passaram na floresta, um *tauraco hartlaubi* atravessou voando o caminho deles, seguido por um cuco-esmeraldino, uma revoada de pequenos passarinhos marrons que tinham o improvável nome de *Bradypterus cinnamomeus*, assim como pássaros canoros das montanhas, papa-figos, olhos-brancos e diversas espécies amantes das altitudes. Eles até ouviram, e depois viram, um pica-pau-de-nove-listras, e então contaram as listras duas vezes para se certificar.

De volta ao clube, para tomar um merecido chá da tarde no terraço, George avistou um beija-flor com bico fino e encurvado e duas penas da cauda prolongadas. Ele estava se alimentando num hibisco na escada da frente.

— Este é um bronzie, não é? — perguntou David.

— Segundo este livro, não — disse George, levantando seu guia de pássaros. — Aquela pequena beleza ali é um *Nectarinia tacazze*. Acho que não temos um destes na nossa lista ainda.

— Tenho certeza de que não temos — disse Harry, tomando nota do pássaro. — Obrigado, George. Este foi um dia produtivo... cinqüenta. Cinqüenta novas espécies. Querem saber, rapazes, acho que estamos na frente novamente, bem na frente. Podem esquecer o chá, acho que a ocasião pede algo mais apropriado. Garçom, uma garrafa de champanhe Bollinger.

29

— O seu carro foi encontrado, senhor Malik.

O senhor Malik reconheceu a voz do senhor Nyambe ao telefone. Ele colocou a xícara de Nescafé na mesa.

— Mercedes verde, placa número NHI 572? Um dos nossos motoristas acabou de falar pelo rádio. Está em Valley Road, indo em direção à Ngong Road. Ele vai tentar segui-lo. Nós o avisaremos se ele estacionar em algum lugar. Você tem uma chave extra?

O senhor Malik confirmou que tinha.

— Ótimo. Volto a ligar para o senhor assim que souber de mais alguma coisa. O senhor pode ficar perto do telefone?

O senhor Malik não planejara ficar perto do telefone. Assim que terminasse o café da manhã, iria visitar o hospital. Depois disso, planejara pegar um táxi e ir ao escoamento de esgoto novamente, afinal, era possível que ele tivesse deixado escapar uma ou outra espécie ou talvez pudessem aparecer outras. Mas ainda precisava ter seu carro de volta.

Eu nunca soube se acreditava ou não na história que se ouvia em Nairóbi de que o filho de um juiz sênior do Tribunal de Justiça era o homem que estava por trás da maior parte dos seqüestros e roubos de carros da cidade, e de que tinha alianças fortes com certos oficiais da polícia e com pelo menos um membro do governo. O senhor Malik também nunca soube, mas ele acreditava em parte na história. Se por algum milagre seu carro fosse encontrado, ele precisava estar preparado. Preparado para chegar rápido até ele, entrar e sair dirigindo, procurando chamar o mínimo de atenção possível. E, quanto aos outros planos, bem, ele teria que mudá-los. Esperaria em casa até receber o telefonema, iria buscar o carro, e então iria ao hospital. Se ainda houvesse tempo para observar pássaros depois disso, ótimo. Na verdade, enquanto ele estivesse esperando o telefonema, podia também procurar pássaros em seu próprio jardim.

O senhor Malik acomodou-se em sua varanda com o binóculo e o caderno sobre a mesa a seu lado. Uma família de rabos-de-junco estava brincando na buganvília — pelo menos ele supôs que fosse uma família, e que estivessem brincando. Não, ele tinha certeza de que era uma família. Lembrou-se de Rose Mbikwa falando sobre certa pesquisa que fora feita sobre eles, sobre como viviam em grupo e como o último da ninhada do ano anterior ficava com os pais e os ajudava a alimentar e a criar os filhotes da ninhada seguinte. Agora, se estavam mesmo brincando, quem poderia saber? Mas depois de ter criado e observado de perto seus dois filhos, o senhor Malik tinha quase certeza de que as perseguições e as disputas tanto de pequenos pássaros quanto de seres humanos eram iguaizinhas. Suas meditações filosóficas foram interrompidas pelo barulho da vassoura.

— Bom dia, Benjamin — disse o senhor Malik. Pensou se deveria dizer alguma coisa sobre o Arboreto.

— Bom dia, senhor — disse Benjamin.

Ele também estava se perguntando se deveria dizer algo sobre a história do Arboreto quando seu olhar recaiu sobre a mesa. O senhor Malik entendeu que ele tinha percebido.

— Ha, ha — exclamou ele. E deu seu sorriso mais generoso. — Não, não são hadadas hoje, Benjamin — acrescentou, levantando o binóculo. — Pássaros em geral, todo tipo de pássaro.

Ficou claro pelo olhar do rapaz que ele não estava completamente convencido.

— Olhe. Lá adiante, vê? Um pardal.

— Ah, claro, senhor. *Shomoro*.

— E lá, um rabo-de-junco.

— Ah — disse Benjamin depois de uma breve hesitação. — Claro, senhor, *kuzumburu. Kuzumburu michirizi.*

— E tem um outro lá, está vendo?

— Ah, claro, senhor. Um diferente. *Kuzumburu kisogo-buluu.*

— Exatamente. Não, espere um instante. O que foi que você disse?

— *Kuzumburu*, senhor. Aquele pássaro. *Kuzumburu kisogo-buluu.*

— O quê?

Benjamin encostou sua vassoura artesanal.

— Aquele lá, senhor — disse, apontando para o segundo pássaro que agora estava pendurado de cabeça para baixo na buganvília rasgando uma flor púrpura —, *kuzumburu kisogo-buluu*. O outro lá é *kuzumburu michirizi*.

O senhor Malik apanhou seus binóculos. Caramba, o garoto estava certo. O que ele pensara ser um outro rabo-de-junco estriado era um rabo-de-junco-de-nuca-azul. Que olhos!

— Muito obrigado, Benjamin. Bem observado.

— Obrigado, senhor.

Benjamin apanhou a vassoura e voltou a varrer. Se o patrão estava mesmo observando pássaros desta vez, ele não estava trabalhando muito bem.

— Benjamin.

O rapaz parou novamente. Era aí que o senhor Malik ia mencionar o Arboreto. Ele olhou ao longe para onde o senhor Malik estava agora de pé, segurando um livro aberto.

— Venha até aqui um instante, por favor. Quero mostrar uma coisa a você.

Benjamin encostou a vassoura na parede. O que seria aquilo, uma Bíblia? Não, em cada página do livro havia retratos de pássaros, e ao lado dos retratos, coisas escritas em inglês. O senhor Malik folheou as páginas e mostrou uma delas a Benjamin.

— Você conhece estes pássaros?

Embora Benjamin tivesse achado as imagens um pouco estranhas — onde estava o movimento, os pios e os cacarejos? —, pareciam ser de três tipos diferentes de *kuzumburu* que ele vira na sua cidadezinha quando estava crescendo.

— Ah, claro, senhor, *kuzumburu* — disse, apontando para cada um deles. — *Kuzumburu michirizi*, a cara um pouco branca. *Kuzumburu kisogo-buluu*, um pouco de azul aqui, atrás do pescoço. Já este aqui, o *kuzumburu kichwa-cheupe*, nunca vi em Nairóbi, só às vezes na minha cidade quando o clima fica muito seco.

O senhor Malik olhou bem para ele. Virou outra página.

— E estes?

Na página havia fotos de mais pássaros carnívoros — não *tai mzoga*, comedores de coisas mortas, mas sim *tai msito* e *kipanga*. Ele apontou cada um deles e disse seus nomes.

— E quanto a estes?

O senhor Malik mostrou uma página onde íbis-sagrados e pretos pousavam ao lado de um colhereiro-africano (e, no topo da página, como se estivesse batendo as asas marrons e gritando seu canto de três notas, um hadada). Benjamin identificou facilmente os dois *kwarara* com seus longos bicos curvos e o *domomwiko* com seu bico igual a um *borok* achatado.

— Excelente — disse o senhor Malik com um sorriso largo. — Você certamente conhece seus pássaros, Benjamin.

— Obrigado, senhor.

— Gostaria muito da sua ajuda novamente hoje, Benjamin. Não com hadadas, provavelmente já contamos o suficiente destes. Gostaria que você se sentasse aqui comigo na varanda e me mostrasse todos os outros pássaros que conseguisse ver.

Durante as quatro horas seguintes, o senhor Malik, que sempre pensara que apenas três espécies de beija-flor visitavam seu jardim, ficou surpreso ao descobrir que, com a ajuda de Benjamin, pôde identificar cinco. E o que ele pensava ser um bulbul de bigodes amarelos fêmea, era na verdade um bulbul de Fisher. O rapaz tinha também um ótimo ouvido para o canto das aves. Num pequeno bando de pássaros que atravessou o jardim se alimentando, foi capaz de distinguir apenas pelo canto dois apalis, um prinia e nada menos do que três tipos de pássaros canoros (com seu binóculo, o senhor Malik foi capaz de identificar apenas dois dos pássaros canoros, mas tinha certeza de que Benjamin estava certo). E, embora o senhor Malik estivesse acostumado a ouvir corujas piando durante a noite, nunca se dera conta de que uma coruja-da-floresta se apoleirava regularmente bem dentro das folhagens de uma monstera perto do seu próprio portão da frente. Se você se colocasse na posição certa no canto do jardim conseguiria dar uma espiada nas penas do peito dela, distintamente marcadas por listras transversais. Mas ainda não se ouvira nenhum telefonema.

Às cinco da tarde o telefone finalmente tocou.

— Senhor Malik? Sinto muito, mas o perdemos. Em Dagoretti Corner, no grande desvio que tem ali, sabe? Procuramos por toda aquela região, mas nem sinal. Sinto muito.

Abelharuco-de-cabeça-castanha

30

Foi o senhor Malik quem chegou primeiro ao clube naquela noite de quinta-feira.

— Ainda sem carro, hein?

Exausto, balançou a cabeça, diante do amigo Patel. Sem carro e sem o antigo caderno. A pergunta foi repetida por Harry Khan quando este chegou ao clube alguns minutos depois, de volta de sua viagem ao monte Quênia.

— Sinto muito pelo carro e pelo caderno, Jack. E obrigado pela mensagem que você deixou para mim na noite passada. Valeu mesmo.

O senhor Gopez olhou para o senhor Malik. O senhor Patel deu um sorriso inescrutável.

— Estou feliz em vê-los aqui na hora certa, cavalheiros. Se os senhores puderem passar seus cadernos para o senhor Patel, veremos quantos pontos cada um marcou hoje — disse Tiger Singh.

Embora tivesse passado o dia confinado em seu jardim enquanto esperava o telefonema, o senhor Malik ficou surpreso de ter conseguido identificar, com a ajuda de Benjamin, 12 novas espécies. Mas isso nem chegava perto do número alcançado por Harry Khan no monte Quênia. Alguns minutos depois, o senhor Patel anunciou o resultado.

— Malik, 136; Khan, 172. O senhor Khan está na frente outra vez. Mas *dum anima est, spes esse dicitur*, há esperança enquanto há vida, cavalheiros. Não esqueçam, ainda faltam dois dias.

Ao anunciar que faltavam dois dias para o encerramento do desafio entre Harry Khan e o senhor Malik, Tiger surpreendentemente deu uma informação pouco acurada. Faltavam, como ambas as partes bem sabiam, e eu tenho certeza de que você também, todo o dia seguinte, mas apenas a metade do sábado. Naquela noite, no Hilton, Harry Khan planejou seu golpe final.

— Depois da viagem ao monte Quênia hoje, nós estamos bem à frente outra vez, rapazes, mas quero aumentar ainda mais a minha vantagem. Quero ficar tão à frente de Malik que o olhar dele não consiga me alcançar nem com um telescópio.

— Estamos com você, Harry — disse George, mastigando uma grande azeitona. — Certo, Davo?

— Certo — disse David. — Não sei o que vocês acham, mas minha idéia é a seguinte. Mais um dia de safári amanhã, estivemos dando uma lida sobre isso, e parece que Kakamega pode ser uma boa pedida, e depois, sábado bem cedinho, mais uma tentativa no Parque Nacional de Nairóbi.

— É, a floresta de Kakamega. Ouve isso — disse George, começando a ler em voz alta o seu guia de viagem: — "Kakamega: o que restou de uma floresta tropical equatoriana que, no passado, se estendia de leste a oeste pelo continente, famosa por seus pássaros e borboletas, combinação única de espécies que vivem tanto em terras baixas quanto em altas." Agora, a parte importante, prestem atenção: "Das espécies do catálogo do Quênia, 45 só se encontram em Kakamega."

— Parece interessante, rapazes.

— Papagaio-cinzento, beija-flor-de-garganta-verde africano, abelharuco-de-cabeça-azul, coruja-de-peito-vermelho, *kakamega poliothorax*, bulbul de Ansorge, bulbul de Shelley, papa-moscas de Chapin, eremomela de Turner... e a lista continua.

— Eremomela de Turner, é? Este pode ser o nosso lugar. Como se chega lá?

— Tem uma pista de pouso e decolagem um pouco fora da cidade. A gente freta um avião novamente e depois aluga um táxi.

— Deixem comigo, rapazes. Vou cuidar de tudo.

— Mas, sabe como é — disse George, recostando-se no sofá confortável do Hilton com as mãos atrás da nuca —, temos apenas mais um dia e meio. Não é muito tempo. Pena que não podemos sair durante a noite para observar pássaros.

— Por que faríamos isso? — disse Harry. — Todos os passarinhos bacanas não ficam escondidos em seus ninhos ou sabe-se lá onde durante a noite?

— Não necessariamente. Você se lembra, Davo, naquela viagem ao Massai Mara, quando saímos à noite para ver mamíferos do lado de fora do parque? Nós vimos alguns pássaros também.

— É verdade. Você tem razão. Nós vimos aqueles curiangos, os que têm uma cauda comprida.

— Um noitibó-de-estandarte. E não vimos também uma coruja?

— Parece ótimo, rapazes — disse Harry —, mas vocês esqueceram? Tenho que estar de volta a Nairóbi às 19h.

— Não estava pensando em fazer isso em Kakamega. Ainda temos a noite de amanhã, depois que você sair do clube. Tenho certeza de que vamos arranjar algumas boas lanternas até lá.

— E não precisamos de um Parque Nacional para isso — disse David. — O que vocês acham daquele lugar perto do MEATI?

— Bem pensado, Davo. Vimos muitos pássaros naquele lugar nesse dia. Se acordássemos bem cedo, podíamos começar por ali, antes de amanhecer, no sábado, e depois iríamos ao parque na hora em que ele abrisse.

— Combinado, rapazes. Para mim está ótimo — disse Harry. — Vamos mandar ver. Vou me encontrar com Elvira mais tarde. Peço a ela que nos arranje umas boas lanternas amanhã enquanto estivermos fora.

Se o senhor Malik já estava se sentindo decepcionado naquele dia por não ter conseguido o carro de volta, a revelação, à noite, de que Harry Khan se colocara mais uma vez à sua frente na competição só contribuiu para o seu desespero. Ele também não conseguia esquecer a preocupação com o caderno de anotações perdido. Onde estaria o carro? Onde estaria o caderno? E onde encontraria mais 37 espécies de pássaros antes do meio-dia de sábado — ou melhor, mais cinqüenta ou sessenta se a sorte continuasse do lado de seu concorrente? Ainda por cima se sentia culpado: ficara em casa esperando o telefonema e perdera a visita ao hospital. E para quê? Por causa daquela competição tola. Será que ela era realmente tão importante? Ele refletiu a noite toda sobre essas questões e ainda estava pensando nelas na manhã seguinte quando Benjamin apareceu num canto do bangalô, com uma vassoura que tinha acabado de fazer nas mãos.

— Ah, Benjamin — disse ele, colocando na mesa sua xícara de Nescafé. — Muito obrigado por toda a ajuda que você me deu ontem.

Fora realmente impressionante a quantidade de pássaros que aqueles olhos aguçados conseguiram identificar.

— Mais pássaros hoje, senhor? — disse Benjamin.

— Bom, eu bem que gostaria de ver mais pássaros. Mas não sei se vou encontrar muitos mais neste jardim, mesmo com a sua ajuda.

— Não aqui, senhor, Nairóbi não é boa para pássaros. Até no meu vilarejo há mais pássaros do que aqui.

— Onde fica mesmo o seu vilarejo, Benjamin?

— Ah, muito longe daqui, senhor. Muito longe para ir caminhando, mesmo se andássemos o dia inteiro.

O senhor Malik abriu um leve sorriso e apanhou a xícara. O telefone tocou.

Há algo inexplicável no tempo africano que é um desafio até mesmo para os suíços. O vôo internacional vindo de Zurique pousara no Aeroporto Internacional Jomo Kenyatta na noite anterior, com nove minutos de atraso, como de costume. Conversando com o taxista, na corrida do aeroporto até Serengeti Gardens, Rose Mbikwa descobriu que durante os nove dias em que estivera fora, chovera uma vez, dois matatus bateram na Uhuru Road matando 19 pessoas e o ministro das Florestas e da Pesca fora forçado a renunciar por causa da questão da Floresta Karura. Esta última era na verdade uma grande notícia. Escândalos e corrupções não eram incomuns na política queniana (como qualquer leitor da coluna "Pássaros do mesmo ninho" no *Evening News* bem sabia), mas a renúncia de um ministro era algo raro. Rose não conseguia lembrar qual fora a última vez em que um ministro de fato renunciara. O motorista disse que a matéria do jornal é que iniciara tudo. "Ah", pensou Rose, com um sorriso triste, "se alguém estivesse escrevendo uma coluna como aquela quando Joshua ainda era vivo".

O motorista entrou em Serengeti Gardens e, depois de conseguir ultrapassar os buracos, os quebra-molas e a habitual fileira de carros estacionados do lado de fora da casa do juiz da Suprema Corte, vizinho de Rose, estacionou na entrada da garagem de sua casa. A cirurgia no olho fora bem-sucedida e, depois da operação, ela recebera um bom atendimento na clínica, mas era ótimo estar de novo em casa. Subiu direto as escadas e foi descansar.

Pouco depois do amanhecer, foi acordada pelo canto dos hadadas e se perguntou por alguns segundos onde estava. Ah, sim, no Quênia. Em casa. Vestindo um robe (e sem esquecer de colocar seu tampão no olho operado), foi até a janela do quarto e abriu as cortinas. Mais um dia lindo em Nairóbi, embora já manchado pela fumaça de uma fogueira matutina acesa na rua. Parecia haver mais carros do que o normal. Talvez fosse o momento de ter uma conversa amigável com o vizinho. Quantos carros um só juiz precisa ter? Mas isso teria de esperar. O que ela realmente queria agora era um bom e longo banho. Rose já estava saindo da janela quando alguma coisa num dos carros estacionados na rua chamou sua atenção. Parado entre um 4x4 vermelho não sei de que marca e um 4x4 branco de sabe-se lá que outra marca (com exceção dos Peugeots 504, Rose não conhecia muito bem as marcas de carro), havia um veículo que ela tinha certeza de que conhecia.

Ainda vestida em seu robe, desceu as escadas e saiu pela porta da frente.

Flamingo

31

A primeira reação do senhor Malik ao reconhecer a voz que vinha do outro lado da linha foi manter-se em total silêncio.

— Senhor Malik? Senhor Malik, é o senhor? Aqui é Rose Mbikwa.

Ele respirou fundo.

— Sim, senhora Mbikwa. Desculpe-me, sou eu mesmo.

Por que ela estava telefonando para ele? E por que de manhã tão cedo? Ela nunca lhe telefonara antes, e, pelo amor de Deus, será que não conhecia as regras da competição?

— Que bom. Como vai o senhor? Desculpe-me por ligar tão cedo, mas eu estava querendo saber se o senhor perdeu o seu carro.

Carro? Como ela sabia?

— Sim, senhora Mbikwa. Eu de fato perdi o meu carro.

— Pois bem, tem um aqui bem na frente da minha casa que se parece muito com o seu. É um Mercedes verde e tem um adesivo na janela, um alerta quanto a AIDS, sabe?, e um outro da Sociedade Ornitológica. Estou com o número da placa aqui, NHI 572.

— Muito obrigado, senhora Mbikwa. É o meu carro. Foi roubado no fim de semana passado.

— Sim, foi o que imaginei. Essas coisas estão acontecendo com tanta freqüência em Nairóbi hoje em dia... O que o senhor quer que eu faça?

O senhor Malik pensou rápido.

— Acho que é melhor eu ir buscá-lo. Tenho uma chave extra. A senhora poderia me dizer onde encontrá-lo, por favor?

Rose deu o endereço ao senhor Malik e foi preparar seu banho. Não havia notado aquele adesivo sobre a AIDS no carro do senhor Malik antes, mas, pensando bem, ter um adesivo como aquele no carro era perfeitamente condizente com a personalidade dele. Depois de tomar banho e se vestir para o dia que começava, percebeu que o velho Mercedes verde com os adesivos no vidro de trás não estava mais lá. Que estranho. Achou que ele fosse tocar a campainha.

De volta à poltrona na varanda de sua casa em Garden Lane e tomando uma segunda xícara de Nescafé (um acontecimento raro, afinal, ele não bebia mais de uma xícara de Nescafé na primeira refeição matinal desde o hediondo dia em que sua esposa morreu), o senhor Malik tomou pé da situação. Recuperou seu carro, embora, depois de ter procurado por todo buraco, canto e fenda, não tivesse conseguido encontrar o caderno perdido. Havia ainda outro problema. As regras da competição eram claras; não poderia haver contato com Rose Mbikwa — pessoal, telefônico ou epistolar, nem por meio de terceira pessoa, nem por qualquer outro meio. Não tivera a intenção, mas quebrara, sem querer, esta regra. Não fora ele quem telefonara, fora ela. Ele não podia ter batido o telefone ao ouvir sua voz. Enfim, teria que esperar para ver o que o Comitê diria. Ao menos conseguira obter o carro de volta sem de fato vê-la.

Mas, ah, o som da voz dela... A letra de uma antiga canção ressurgiu em sua memória, uma que ele não ouvia desde que voltara de Londres nos anos 1960 — será que era Dusty Springfield? — *"I'm in meltdown,*

I have no choice. Meltdown when I hear your voice". E ele realmente se derreteu todo ao ouvir a voz de contralto profundo de Rose Mbikwa do outro lado da linha. E ainda estava se sentindo assim. Será que realmente poderia ganhar aquela estranha competição? Seria possível que Rose Mbikwa aceitasse seu convite para o Baile do Clube de Caça? Seria possível? Será que ele dançaria com ela e mais uma vez ouviria a voz dela dizer o seu nome?

Pássaros. Ele precisava de mais pássaros. O senhor Malik deu um longo suspiro, seguido de outro tão alto que Benjamin, que tinha, a esta hora, terminado de varrer toda a casa e a entrada da garagem, e já estava no meio do gramado, levantou os olhos.

— Ah, Benjamin.

Será que o senhor Malik afinal iria dizer alguma coisa sobre o Arboreto?

— Benjamin, há quanto tempo você trabalha para mim?

— Há cinco meses e meio, senhor. Desde o final das chuvas fracas.

— Ah, bom. Cinco meses, então? E nos seus dias de folga, já teve a oportunidade de ir até a sua casa?

— Não, senhor. Ainda não. Talvez vá em breve, quando tiver juntado dinheiro suficiente.

Mas, com o preço das Coca-Colas e dos bombons (sem mencionar o fato de ter tido que repor as roupas levadas no Arboreto, inclusive os sapatos), Benjamin estava achando mais difícil do que pensara poupar dinheiro na cidade grande.

— De ônibus, em quanto tempo você chega lá?

— Quatro horas, senhor. Isto é, se apenas um pneu furar. Se mais pneus furarem, talvez demore mais tempo.

— E se nenhum pneu furar?

— Aí não demora tanto, senhor.

O que era mesmo que o rapaz dissera sobre ver mais pássaros em seu vilarejo do que em Nairóbi?

— Benjamin — disse o senhor Malik —, acho que está na hora de você tirar umas férias.

Para descer de Nairóbi em direção às planícies e o largo vale, pode-se pegar a estrada alta ou a estrada baixa. A estrada alta é mais nova e melhor, mas, por isso, tem mais tráfego. A estrada baixa é mais estreita e tem mais curvas, mas é menos provável que você encontre um caminhão sobrecarregado vindo na contramão em sua direção, ou cinqüenta pessoas de pé, em volta de um ônibus, vendo o motorista trocar o primeiro pneu furado daquela manhã. O senhor Malik preferiu pegar a estrada baixa e chegou a Naivasha apenas duas horas depois de sair do número 12 da Garden Lane.

O clima estava seco e quente nas planícies. As chuvas fortes não tinham sido boas e as chuvas fracas só começariam dali a muitos meses. Nos campos, o milho crescia com atraso e com uma cor amarronzada. Não havia mais nenhum verde e a grama pálida continuava ali, mas não servira como alimento para as ovelhas e cabras; os próprios animais espalhavam-se magros e lânguidos sob as sombras esparsas das árvores cheias de espinhos. Talvez não tivesse sido uma boa idéia ir até lá. Aquele não era um lugar para pássaros.

Depois de mais uma hora dirigindo em direção ao norte, logo depois de ultrapassarem uma enorme placa que assegurava que, com sabão Omo, tudo fica ainda mais branco, o senhor Malik se viu sendo guiado por Benjamin, que indicava, empolgado, a entrada de uma estrada de terra sem qualquer sinalização. Quando diminuíram a velocidade, para deixar passar para o canto da estrada uma vaca esquelética e seu filhote ainda mais esquelético, a nuvem de poeira marrom que os animais deixavam atrás de seus passos ofuscou a visão do senhor Malik. Só depois de alguns minutos, ele conseguiu enxergar a distância, e continuar dirigindo.

— Esta é a vaca do meu tio, senhor. Quando saí daqui, ela não tinha filhote. É bom que tenha um agora.

O senhor Malik imaginou que talvez fosse bom, sim.

— Falta muito? — perguntou.

— Estamos quase na escola, senhor — disse Benjamin. — Depois dela, só mais cinco quilômetros.

A Eritima Primary School vinha a ser uma construção de madeira de uma só sala, à beira da estrada. Atrás dela havia uma construção bem menor, provavelmente a casa do diretor da escola. De um lado, havia um campo de futebol, que só se podia distinguir do resto da terra batida que se estendia por toda a região pelas duas traves tortas de madeira. Algumas crianças pareciam estar apostando corrida. Nenhuma estava calçada.

— Esta é a minha escola, senhor. Foi aqui que estudei. Era uma escola muito boa. Estão praticando esportes hoje.

— Ah, estou vendo. Mas por que a escola não fica na cidade? Por que fica tão longe?

— Por causa da eletricidade, senhor. Aqui tem eletricidade, na cidade não. Ainda não.

O senhor Malik pôde ver que o fino cabo de força que acompanharam desde que entraram na estrada ia dar mesmo na casa do diretor da escola.

Eles agora se encaminhavam em direção a algumas colinas baixas, nuas e marrons como toda a região em volta. A estrada começou a apresentar calombos e a piorar. O senhor Malik diminuiu a velocidade, desviando o velho Mercedes de pedras e poças.

— Está lá, senhor. O meu vilarejo — disse o rapaz, apontando, do topo da colina para baixo, para o pequeno vale. — Foi lá que nasci. É onde meu pai e minha mãe moram. É um vilarejo muito bom.

O senhor Malik esperara encontrar um grupo de barracos cercados de terra batida e poeira marrom, como a escola que ficara para trás. Mas não era batida, e nem marrom. Ele parou o carro.

A maior parte das casas parecia se alinhar ao longo de uma rua principal, e atrás de cada uma havia um pedaço de terra verde viva. Mais campos verdes se espalhavam pelo vale. Algum tipo de plantação deve se desenvolver aqui. Em meio a incontáveis quilômetros quadrados de terra árida, o pequeno vilarejo era um oásis verde.

Alguns minutos depois, eles chegaram à rua principal da cidade, rodeados por uma multidão de sorrisos. O senhor Malik teve a impressão de ter sido apresentado a cada um dos homens, mulheres e crianças da vila, e cada um deles era pai, mãe, tia, tio ou primo de Benjamin. Ele pensou que encontraria um córrego ao longo da cidade, afinal, de que outra maneira se explicariam as plantações de feijão e tomate, milho e sorgo? Havia de fato um rio, mas o seu curso não era marcado pela água ondulada, mas por areia e pedras secas.

— E a água, Benjamin, de onde ela vem?

— Vem da fonte. Da fonte sob a montanha. É uma fonte muito boa. Venha, vou mostrar ao senhor. É lá que vamos encontrar os pássaros.

Tauraco grande

32

O avião monomotor Cessna 207 Skywagon fez um pequeno passeio sobre a cidadezinha e aterrissou na pista de pouso e decolagem de Kakamega pouco antes das 9h. O surgimento da aeronave sobre a cidade funcionou como sinal para o único taxista de Kakamega. Os três passageiros do avião tiveram que esperar apenas poucos minutos até que um Peugeot 504 — só um pouco mais recente do que o de Rose Mbikwa, mas de aparência semelhante — chegasse para levá-los ao pequeno hotel. Construído na década de 1930 pelo dono da serraria local, sob a sombra de uma das poucas oliveiras do monte Elgon que ele ainda não tinha derrubado, cortado e vendido, o hotelzinho de Kakamega oferece um ótimo café da manhã e é também um excelente lugar para observar pássaros que não são vistos em qualquer outro lugar do Quênia — dentre eles, o pássaro que leva o estranho nome de eremomela de Turner.

Desde 1735, quando o naturalista sueco Carl von Linné publicou o grande *Systema Naturae*, cada espécie de planta e animal passou a ser conhecida pela ciência por um único nome, um *binomen*, combinação de duas palavras que possuem apenas um significado. Eu, por exemplo, faço parte da espécie *Homo sapiens*. Você provavelmente também. O leão é um *Panthera leo*, o cordeiro, um membro júnior da espécie *Ovis aries*. Pássaros não estão isentos da nomenclatura científica de Lineu. O milhafre-preto, aquele que você deve se lembrar de ter visto no início desta narrativa, é conhecido na ornitologia como *Milvus migrans*. O abelharuco-de-peito-canela se regozija com o nome austero de *Merops oreobates*. Estes nomes facilitaram muito a vida dos ornitólogos, que assim podem ter certeza de estarem falando do mesmo pássaro quando estão conversando.

Dentre os observadores de pássaros que falam inglês — e uma pesquisa recente feita na Inglaterra afirma que 87,4% dos observadores de pássaros do mundo inteiro têm o inglês como primeira língua (com a estimativa preocupante de que 85,1% deles terem o inglês como primeira e única língua) —, esforços conjuntos vêm sendo realizados ao longo dos anos para unificar os nomes usuais dos pássaros. No admirável mundo novo da ornitologia assim prefigurado, cada uma das dez mil ou mais espécies de pássaros terão um, e apenas um, nome usual em inglês. O melro, conhecido como *merle* na Escócia e *blackbird* na Inglaterra será agora oficialmente conhecido pelo nome usual de *blackbird*. Os nomes *philomel* (rouxinol) e *stormcok* (sabiá) sairão de circulação, e *common nightingale* e *mistle thrush* passarão a ser, respectivamente, seus nomes usuais. Aprofundando esta questão, os americanos há muitos séculos têm chamado o *Turdus migratorius* (tordo-americano) de *robin*, enquanto os ingleses, há um tempo também considerável, usam o mesmo nome para designar outro pássaro, sem que ninguém tenha se preocupado muito com isso. De agora em diante, o *robin* será conhecido como *american robin* para distingui-lo do pássaro (que infelizmente não pertence à mesma família, já que não se pode ter tudo...) que usava este nome bem antes, o *european robin* (pisco-de-peito-ruivo). Não acredito muito que os americanos vão abdicar do nome *chickadee* (chapim) para adotar o nome britânico mais antigo, *tit*, como se espera.

Mas e quanto aos 60% ou mais de espécies de pássaros que não tiraram a sorte grande de viver num país de língua inglesa? Tomemos como exemplo o pequeno e vigoroso passarinho cinzento com garganta branca, uma tira preta atravessando o peito e uma mancha marrom cor de noz na testa, que leva o nome científico *Eremomela turneri* (uma combinação da forma latina da palavra grega que significa "cantor do deserto" com o nome de seu descobridor europeu, o excêntrico naturalista e epicurista inglês Henry Turner, "Harry, o maluco"). Como devemos chamá-lo? Turner cantor do deserto? O problema que há neste nome é que, embora a maioria dos que pertencem ao gênero *Eremomela* viva de fato nos desertos, esta espécie em particular só é encontrada em florestas tropicais. O de peito-marrom, tira preta e garganta branca? Só nas florestas tropicais. Aí a coisa fica um pouco atrapalhada, não concorda? Quando se acham diante de pássaros deste tipo — e, principalmente, se, por alguma razão, eles são pequenos — os que se encarregam desses assuntos geralmente se contentam com uma versão anglicizada do nome científico e deixam por isso mesmo. O *Cisticola hunteri* passou a ser chamado em inglês, segundo este método, de *Hunter's cisticola*; *Apalis ruddi* é conhecido por todos os sérios observadores de pássaros como *Rudd's apalis* (apalis-de-Rudd). Também o nosso pequeno amigo *Eremomela turneri* é agora chamado nos guias populares de pássaros da África Oriental por seu nome usual em inglês, *Turner's eremomela*. E o único lugar em que se pode vê-lo, como você deve se lembrar do que George dissera havia pouco a Harry Khan no Hotel Hilton de Nairóbi, é na Floresta de Kakamega, no oeste do Quênia.

— Você viu aquele avestruz novamente quando estávamos decolando?
Harry engoliu a última colherada de um pedaço de papaia. O que comeria agora um ovo mexido ou um ovo poché?
— Avestruz? — disse George. — Não, mas de todo modo nós já vimos avestruzes, certo, Davo? Tem bacon?
— Atrás das salsichas. — Os três estavam sentados numa das mesas da varanda. — Do que você acha que são feitas as salsichas quenianas?

— Uma vez visitei uma fábrica de salsichas em Toronto — disse Harry. — Seja lá o que for que esteja dentro destas aqui, não pode ser pior. Qual é o plano?

— O plano é... espere um minuto — disse David colocando o garfo na mesa e apanhando seu binóculo. — Minha Nossa Senhora, olhe lá George, Harry.

— Onde? — perguntou Harry apontando o próprio binóculo para dentro da densa copa de uma árvore onde uma coisa grande se debatia entre as folhagens. — Ah, sim, estou vendo — continuou, baixando o binóculo e esfregando os olhos. Levantou novamente os olhos. — Estou vendo, mas nunca vi nada igual. Que diabos é aquilo?

— Aquilo — disse David, consultando o guia — é um *Corythaeola cristata*, o autêntico, grande, único e singular tauraco-grande.

Ah, sim, o tauraco-grande. Se houvesse uma premiação para o mais improvável dos pássaros, o tauraco-grande seria um dos mais cotados para o primeiro prêmio. Imaginem uma galinha. Coloquem nela um grande bico amarelo com uma ponta vermelha. Agora dêem a ela um rabo longo e belo. De que cor devemos pintá-la? Um pouco de vermelho embaixo, talvez, e em seu peito um belo verde cor de maçã. Vamos pintar quase todo o resto de azul brilhante — cabeça, pescoço, asas, costas —, mas o que acha de um pouco mais de amarelo sob o rabo e uma bela barra negra no final? Até agora está bonita, mas não consigo deixar de pensar que está faltando alguma coisa. Tenho certeza de que falta algo. Para dar contraste a esta tira preta no rabo, o que realmente precisamos é de uma enorme crista preta em forma de leque, bem no topo da cabeça dela. Feito. O que você acha? É ou não é um pássaro de aparência improvável?

— É maravilhoso — disse Harry.
— É incrível — disse George.
— É espantoso — disse David, servindo-se de mais bacon.

O tauraco-grande, empoleirando-se, em plena vista, no final de um galho morto, aquietara-se para alisar sua espetacular plumagem com o bico, e agora se fazia acompanhar de outro pássaro.

Toc, fez o primeiro pássaro.

Toc. Toc. Toc, fez o segundo.

Toc. Toc. Toc. Toc. Toc. Toc, respondeu o primeiro, numa conversa que parecia ser algum tipo de piada interna de tauracos, pois os dois pássaros começaram um cacarejo alto e ofegante.

— Este — disse Harry — é um que definitivamente vai entrar na lista.

— Humm — disse David. — Espere aí... onde foram parar todas as salsichas?

Papagaio-cinzento

33

No clube, o senhor Patel estava transcrevendo os nomes dos pássaros que Harry Khan vira naquele dia. Embora a ausência do eremomela de Turner da lista fosse notável (é um passarinho comum, muito pequeno e pouco atraente), a lista dos pássaros vistos em Kakamega era impressionante. Abaixo do tauraco-grande havia não menos do que 26 novas espécies, a maioria identificada pelo trio no bebedouro de aves que os donos do pequeno hotel, aficionados por pássaros, tinham colocado inteligentemente no jardim.

— Hoje foram 27 — disse o senhor Patel com um sorriso. — Está indo muito bem, hein, Khan? Com isso alcançou um total de 199.

Mas, ao deparar com o olhar do senhor Gopez, arqueou um pouco os cantos dos lábios e ergueu as sobrancelhas apreensivo e preocupado. Harry Khan estava mais de sessenta pássaros na frente. Quais seriam as chances de Malik agora? E onde estava Malik, aliás?

Tiger também percebeu que os ponteiros do relógio do clube marcavam apenas alguns minutos para as 20h. Um pequeno grupo de sócios se juntara do lado de fora da porta principal de olho na entrada de carros.

O senhor Malik saíra, na verdade, do vilarejo de Benjamin com tempo de sobra para chegar em Nairóbi às 20h. Como tinham levado duas horas e meia para chegar ao vilarejo, calculou que se saíssem de lá às 16h — não, melhor às 15h, para o caso de haver algum imprevisto — chegaria ao clube bem antes da hora marcada. Alguns imprevistos, no entanto, são ainda menos previsíveis do que outros, especialmente se envolvem o uso de um ou mais rifles Kalashnikov AK47.

Das aproximadamente setenta milhões de unidades destas fortes e confiáveis armas de fogo que começaram a ser fabricadas em 1947 em diversas partes do mundo, um número considerável delas foi parar no Quênia. Ninguém sabe exatamente quantas, pois as armas raramente estão em mãos oficiais e freqüentemente se acham em poder de criminosos, bandidos, gângsteres, ladrões de gado e outras categorias de pessoas com intenções execráveis. Uma descrição bastante precisa, aliás, para a atividade dos dois homens que surgiram de trás de um imenso outdoor de propaganda (lembram-se de que "com Omo tudo fica ainda mais branco"?), carregando casualmente AK47s em seus braços, quando o senhor Malik e Benjamin saíram de carro do vilarejo e já estavam quase chegando à estrada principal.

Existem duas correntes no Quênia sobre o que fazer quando se está diante de uma situação como esta. Alguns dizem que você deve pisar fundo no acelerador e rezar para que nada de ruim aconteça. Outros dizem que você não deve, de maneira alguma, arriscar a vida cometendo ato tão temerário. O certo a fazer é parar, sair do carro com as mãos para cima, e aí então rezar para que nada de ruim aconteça. O senhor Malik, se você se recorda do último incidente no Parque da Cidade, segue a segunda linha de pensamento. Sob quase qualquer condição imaginável a vida é mais importante do que a propriedade. Coisas materiais podem ser esquecidas ou substituídas. Uma vida, uma vez tirada, não pode ser restituída. Ao ver os homens armados, este foi o primeiro pensamento do senhor Malik. Mas no exato momento em que estava pensando nisso, um segundo pensamento lhe ocorreu. Se estes homens levassem o carro, nunca conseguiria voltar ao clube a tempo de submeter a lista de pássaros do dia à contagem. Se não voltasse a tempo, perderia a competição e perderia também a chance de levar Rose Mbikwa — cuja adorável voz dissera seu nome ao telefone naquela manhã, voz que ainda ecoava em seus ouvidos — ao Baile do Clube de Caça. Um terceiro pensamento lhe ocorreu. Se ele continuasse dirigindo, não seria apenas sua vida que estaria colocando em risco. Tinha um passageiro, e este passageiro era não só um menino inocente como alguém que o ajudara a ver muitas das espécies de pássaros do Quênia e graças a isso ele ainda poderia ter alguma chance de levar a mulher de seus sonhos ao Baile do Clube de Caça. Os pensamentos não foram seqüenciais, mas simultâneos, assim como sua decisão. Tinha que parar o carro. Neste momento, no entanto, seu passageiro se manifestou:

— Vai, senhor Malik! Vai!

E seu pé direito, que estava para sair do pedal do acelerador e passar para o do freio, pisou fundo. O carro estava na segunda marcha. As rodas de trás, em vez de impulsionarem o movimento do carro para a frente, perderam o apoio na estrada de poeira seca e começaram a rodar. O senhor Malik viu apenas de relance os rostos surpresos dos homens armados e depois ele e os homens foram envolvidos numa grossa nuvem de poeira.

— Vai, senhor Malik! Vai!

O senhor Malik ainda estava tentando ir. Tirou o pé do acelerador só o suficiente para sentir que uma das rodas ficara presa a uma pedra exposta. O carro parou de deslizar para a esquerda e seguiu em frente aos trancos. Com o cuidado de pisar mais devagar no acelerador desta vez, o senhor Malik direcionou o carro para onde esperava que fosse a estrada. Quando emergiu da nuvem de poeira marrom, viu que seu julgamento estava correto. Ia cada vez mais rápido, trocando para a terceira, depois para a quarta marcha, se afastando do outdoor, da poeira e de seus sinistros habitantes. Mas não foi rápido o suficiente. Não ouviu o disparo da primeira bala de calibre 7,62mm quando ela saiu de dentro do cano da espingarda, mas ouviu o barulho que ela fez ao perfurar o vidro de trás do automóvel e bater bem no meio do painel de controle, entre ele e Benjamin. Também não ouviu a segunda bala sendo disparada, mas ouviu o barulho de um pneu estourando e sentiu a parte de trás do Mercedes ficar mais baixa. Até onde você pode dirigir um velho Mercedes verde 450 SEL com um pneu furado? Este era o momento exato para descobrir.

Mencionei que, desde 1947, quando Mikhail Kalashnikov desenhou o AK47, este rifle semi-automático se tornara popular graças à sua força e confiabilidade. Estas são qualidades que têm um preço. Um dos motivos pelos quais o mecanismo do AK47 não fica entupido facilmente com lama, água ou poeira amarronzada é que há folgas relativamente generosas entre as diversas peças que o compõem. Estas mesmas folgas também fazem com que a arma não tenha uma boa pontaria. Depois de uns cem metros de distância, atingir o alvo torna-se mais uma questão de sorte do que de habilidade. Os dois bandidos sabiam disso. Furar o pneu do carro fora um tiro de sorte certeiro. Graças ao tiro de sorte, o carro e os passageiros não conseguiriam ir longe e não valia a pena gastar mais munição. Devo esclarecer aqui algo que Benjamin suspeitou, mas o senhor Malik não. Aqueles homens não estavam atrás do senhor Malik, nem de sua carteira, nem de seu carro. Não eram homens da região, não eram nem *samburu* nem *turkana* vindos do norte selvagem. Benjamin imediatamente os reconhecera como somalis. E embora exista uma longa história dos somalis que pertencem a tribos que praticam pirataria pelo Quênia atrás de gado, esses piratas modernos tinham outra recompensa em mente — a recompensa humana. Na Somália, assim como no país vizinho, o Chade, e em partes da Etiópia, pode-se conseguir um bom preço por um jovem em boa forma física para ser vendido como soldado. Benjamin não queria ser soldado.

— Vai, senhor Malik! Vai!

O velho Mercedes chacoalhou e andou aos solavancos mais uns duzentos metros até que o pneu estourado se soltou da roda. O senhor Malik viu seus restos despedaçados pelo espelho retrovisor, e ainda assim continuou dirigindo. Ele achava que se Benjamin pudesse ir para o canto oposto, isso de alguma maneira equilibraria o peso do carro nas três rodas. O problema é que o pneu atingido tinha sido o esquerdo traseiro e o lado oposto era ocupado pelo assento do motorista, onde ele próprio estava sentado.

— Benjamin — gritou mais alto que os barulhos e guinchos —, você consegue subir no meu colo?

Sem perguntar, Benjamin se contorceu até o banco do motorista. O carro não se sustentou nas três rodas como o senhor Malik esperara, mas a manobra tiraria algum peso da roda danificada. Agora ele teria que decidir até onde podia dirigir com uma roda sem pneu sem causar dano permanente nem para a roda nem para o eixo. Se ele pudesse se distanciar bastante dos homens armados de modo a ter tempo de parar e trocar o pneu, ainda teriam alguma chance. Só que ele nunca trocara um pneu de carro em toda a sua vida.

— Você já trocou pneu, Benjamin?

— Só de bicicleta, senhor. Mas de ônibus já vi trocarem.

A roda de trás ia cada vez pior.

— Vamos ter que tentar. Se eu conseguir fazer a curva eles não poderão nos ver. Com sorte eles não vão se dar conta de que paramos.

Assim que os homens armados saíram do campo de visão de seu espelho refletor, o senhor Malik tirou o pé do acelerador, diminuiu a marcha e freou com cuidado.

— Venha — disse, abrindo a porta. — Temos que encontrar o estepe e aquela coisa, aquela coisa que levanta o carro.

— O macaco?

O senhor Malik estremeceu.

— É, isso. Está em algum lugar aí atrás, acho eu.

Benjamin correu para trás do carro e encontrou o porta-malas já aberto.

— Achou? A tal coisa e o pneu?

Benjamin encontrou o pneu debaixo de uma aba no fundo do porta-malas. Mas não tinha nenhum macaco.

— Não adianta, senhor Malik. Eles vão chegar aqui logo. O senhor tem que vir. Venha comigo.

— Mas... para onde? Como assim "venha"?

— Venha, senhor. Vou esconder o senhor, depois vou buscar ajuda.

Benjamin estava certo. Não havia por que ficar esperando os somalis chegarem. Embora o senhor Malik não tivesse visto nenhum carro e tivesse suposto, então, que os homens estivessem a pé, eles não podiam estar a mais de cinco minutos deles. Benjamin começou a escalar a colina.

— Por aqui, senhor. Tem um buraco. O senhor fica escondido lá enquanto busco ajuda.

— Buscar ajuda? Onde?

— Na minha escola, senhor. Fica logo atrás dessa colina. É uma escola muito boa.

O senhor Malik não tinha alternativa senão segui-lo colina acima até uma pequena caverna, que de tão pequena só dava mesmo para entrar nela engatinhando.

— Espere aqui, senhor. Não saia até eu voltar.

34

Os ponteiros do relógio no Clube Asadi tiquetaqueavam em direção às 20h. Onde estava o senhor Malik? Onde estava a lista dos pássaros que ele vira naquele dia? Ao grupo que se aglomerava nas escadas do lado de fora, juntaram-se o senhor Patel, o senhor Gopez e Tiger Singh. Malik certamente não os decepcionaria, ele com certeza não mancharia a honra do clube. Ouviu-se, então, um barulho estranho, que primeiro parecia o rugido de um leão distante, depois o tropel de mil cavalos sobre o chão duro e seco das planícies. Conforme foi se aproximando, o som se apresentou como o doloroso ranger e trincar de um automóvel que não só perdera quase todo o seu sistema de cano de descarga, mas cuja roda traseira se achava danificada sem qualquer esperança de conserto. O Mercedes verde do senhor Malik entrou titubeante no estacionamento bem quando o relógio começava a bater 20h. Não havia ninguém no Clube Asadi — não importa em quem estivessem apostando — que não torcesse pela chegada do senhor Malik. E, no meio daquela confusão de gente, estava o senhor Patel. Ele desceu os degraus da escada e correu para abrir a porta do carro.

— Malik, bem na hora! O que aconteceu com seu carro? Parece que uma pedra caiu em cima dele. Ah, não importa. Entre. Trouxe a lista?

O senhor Malik apanhou o caderno no banco de trás do carro e o entregou nas mãos do senhor Patel.

— Está aqui. Conte. E alguém, por favor, pode trazer algo para meu amigo tomar, meu convidado aqui. Coca-Cola, acho, uma bem grande.

Benjamin, sentado no banco da frente do carro, abriu um sorriso largo.

— Espere aí, meu velho — disse Tiger, gritando para se fazer ouvir apesar de todo aquele rebuliço —, aquilo é um buraco de bala no seu vidro traseiro?

— Está ficando desesperado, hein, Malik? — disse o senhor Gopez. — Andou atirando a esmo nos pequenos amigos. É contra as regras, você sabe.

— Vou contar tudo a vocês mais tarde. Neste momento eu preciso me refrescar.

Agora, lavado, ensaboado e vestido com as mesmas roupas, que, escovadas, não ficaram propriamente limpas, mas certamente mais apresentáveis, o senhor Malik apareceu no bar e foi recebido com uma nova onda de manifestações de apoio. Até Harry Khan parecia estar torcendo.

— Eu não ia querer ganhar por W.O.

Enquanto Patel conferia novamente a pontuação dele e calculava o total, o senhor Malik contou a eles as aventuras do dia. Primeiro falou sobre os pássaros. Benjamin estava certo quando disse que se viam mais pássaros no seu vilarejo do que em Nairóbi. Em meio à paisagem seca, o local não era um oásis apenas para os seres humanos e suas criações de gado, era um oásis também para os pássaros. Numa pequena poça perto de onde as pessoas mais velhas viviam, ele e o senhor Malik tiveram a impressão de ter visto todos os pássaros do deserto. Eram em sua maioria pássaros pequenos, que sobrevivem com dificuldade de sementes e insetos da região seca, mas uma espécie é uma espécie, não importa quão diminuta seja a sua representatividade. Diversos fringilídeos, bicos-de-lacres, caminheiros e alvéolas eram os mais comuns, mas havia estorninhos e tecelões também. As pombas eram visitantes freqüentes da poça — pequeninas rolas rabilongas, um pouco maiores, as rolas do Senegal, e pequenos bandos de rolas-do-cabo — e embora nenhum tauraco-grande tenha aparecido, uma gangue de parentes seus, os tauracos-mascarados, chegou uma dada hora choramingando seu estranho canto. No início da manhã, um cortiçol pousou, o que, segundo Benjamin, era algo raro, pois esses pássaros normalmente só aparecem de manhã bem cedinho. Por conta da mancha preta em torno do seu bico e da sua sobrancelha branca, o senhor Malik foi capaz de saber que se tratava de um cortiçol-de-cara-preta. Eles observaram fascinados o pássaro caminhar para dentro daquela poça, sacudir as penas e agachar-se o máximo que pôde.

— Eu já os vi fazendo isso várias vezes, mas só com as penas — disse Benjamin, e o senhor Malik, embora nunca tivesse visto um cortiçol antes, lembrava-se de algo que Rose Mbikwa dissera certa vez numa das caminhadas das manhãs de terça-feira.

— É para os filhotes deles — disse. — Eles levam a água para o ninho para seus filhotes beberem. Eles têm penas especiais na parte de baixo, entende? São como esponjas.

Benjamin estava impressionado, tanto com o comportamento do pássaro quanto com o conhecimento do senhor Malik.

Empoleirados em árvores e arbustos em variadas distâncias em torno da poça havia diversos tipos de picanços e gaviões. Um gavião-shikra fêmea, o menor da África, parecia nunca sair de seu espinheiro enquanto um açor, bem maior do que ela, com seu cântico frágil, dava freqüentes revoadas em busca de presas descuidadas. Ao todo, segundo os cálculos do senhor Patel, o senhor Malik vira 62 novas espécies naquele dia.

— Está bem, está bem — disse o senhor Gopez. — Mas vamos deixar os pássaros de lado, o que aconteceu com seu carro?

— Ah, o carro.

E então o senhor Malik contou a todos sobre os dois somalis armados de AK47s, contou sobre o macaco inexistente, e o que aconteceu depois.

Das sombras da caverna o senhor Malik podia ver o carro abandonado lá embaixo, na estrada. Tudo estava calmo. Não se ouvia nem o cricrilar de um grilo nem o canto de um pássaro. Depois de 15 minutos, conferidos no seu relógio, mas que pareceram ao senhor Malik um tempo infindável, virando a curva, surgiram os dois bandidos. Eles estavam rindo e se divertindo um com o outro, confiantes de que as vítimas não iriam longe e de que eles e suas armas eram páreo mais que suficiente para um velho e um garoto. Depois de verificar o carro eles riram novamente. Devem ter visto que, embora o estepe estivesse do lado de fora, não havia macaco ali. Um deles disse algumas palavras incompreensíveis e eles se separaram. Ficou claro que iam dar uma busca na região. Quanto tempo demorariam para encontrá-lo? Não tinham dado mais do que alguns passos quando um deles chamou o outro e apontou para a colina à sua frente. Eles o tinham visto. Tudo estava perdido.

Mas então o senhor Malik ouviu o barulho do gatilho de uma arma e depois um estrondo. Da ladeira acima dele desceu uma enorme pedra, seguida colina abaixo por uma outra, e outras mais. As pedras rolavam e passavam pela entrada da caverna, se espatifando na estrada logo abaixo. Um dos bandidos levantou a arma, mas a espingarda foi logo atingida por uma enorme pedra arredondada que veio em sua direção. Outro disparo veio do alto da colina, seguido por uma enxurrada de gritos de guerra apavorantes. Para a perplexidade do senhor Malik, os dois homens armados deram mais uma olhada, e depois saíram correndo.

— Senhor Malik! Senhor Malik! O senhor está aí?

O senhor Malik jamais ficara tão feliz ao ver o rapaz. Ele engatinhou para fora da caverna e olhou em volta o falso pelotão de artilharia que Benjamin de alguma maneira conseguira reunir do nada. O que viu foi Benjamin rodeado por um grupo de umas cinqüenta crianças. Atrás delas, com um sorriso largo e manuseando eficientemente o que parecia ser um revólver de dar a partida em competições, estava um homem mais velho.

— Senhor Malik, este é meu professor, senhor Haputale, e estes são meus primos, sobrinhos, sobrinhas e amigos da escola. Eles vieram para nos ajudar.

As crianças deram risadinhas, o diretor da escola apertou solenemente a mão do senhor Malik. Benjamin levou um pouco mais de dez das crianças maiores até o carro.

— Agora, amigos, quando eu disser levantar, a gente levanta.

Rapidamente o pneu foi trocado e eles puderam voltar à estrada.

— Benjamin — disse o senhor Malik, acenando para as crianças e para o diretor da escola, enquanto tomavam a estrada em direção a Nairóbi —, Benjamin, você está certíssimo. É mesmo uma escola muito boa.

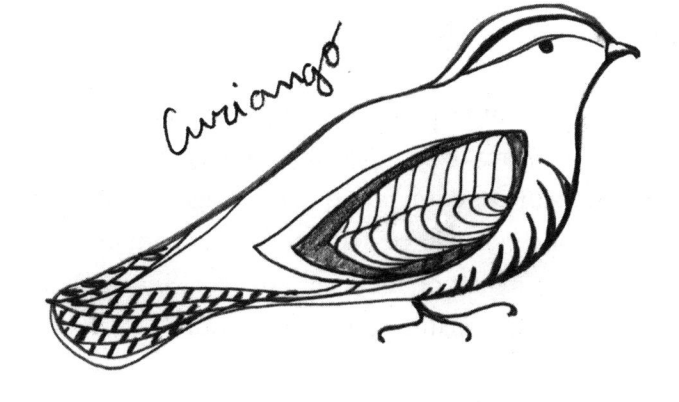

35

— Meu caro amigo — disse o senhor Gopez bebendo as últimas gotas do seu copo —, você realmente espera que a gente acredite que não só viu, quantas mesmo você disse, Patel, 62?, 62 novas espécies de pássaros, como também encontrou tempo para lutar com bandidos?

— É — disse Harry Khan. — Tem certeza de que você não furou simplesmente o pneu do carro dirigindo pela Uhuru Road?

— Senhor Gopez — disse Tiger —, o senhor está pondo em dúvida a palavra de um membro do Clube Asadi?

— De jeito nenhum, Tiger, de jeito nenhum. Estava só conjecturando, só isso.

— Ótimo.

E o senhor Malik lembrou-se de repente.

— Há uma outra questão que preciso levantar diante do Comitê. E peço desculpas por não ter falado antes — começou, limpando a garganta. — Ainda não contei a vocês como consegui meu carro de volta. Esta manhã falei com a senhora Mbikwa ao telefone. Foi ela quem me telefonou e disse onde o carro estava.

Fez-se um curto silêncio.

— Opa — disse Harry Khan. — Não pode haver contato, certo? Isso me parece um contato. Acho que você tem um pequeno problema aí, Jack.

Tiger Singh olhou para um e para outro, pegou na maleta as páginas impressas contendo as regras da competição e começou a ler.

— "As partes também concordaram que entre agora e o momento em que o desafio se encerrar não podem estabelecer contato (pessoal, telefônico ou epistolar, nem por meio de uma terceira pessoa, nem por meio algum) com a dama anteriormente referida." É isso que está preocupando você, Malik?

— É — disse o senhor Malik. — Foi uma inadvertência da minha parte, mas esta manhã indubitavelmente tive um contato telefônico com a senhora Mbikwa.

— Mas, meu caro amigo, você já nos disse que foi *ela* quem telefonou para *você*. Por conseguinte não foi você quem *estabeleceu* um contato, por conseguinte você não precisa, como estou certo de que meus versados amigos concordarão, responder a nenhuma acusação que porventura fosse impetrada.

Seus amigos assentiram. Harry Khan franziu o cenho. O senhor Malik suspirou aliviado.

— Mas — continuou Tiger —, acho que talvez possa haver uma questão mais séria a ser levada em consideração. Senhor Khan, estive pensando: será que o ouvi bem, hoje mais cedo, quando o senhor mencionou algo sobre um bebedouro de pássaros?

— É, no hotelzinho. Tem um bebedouro de pássaros lá bem perto da varanda.

— Um bebedouro de pássaros, o senhor tem certeza?

— Tenho. Vocês sabem como é, um bebedouro com água. Os pássaros descem para beber ali.

— Então, cavalheiros, preciso chamar a atenção dos senhores para a Regra Número Cinco.

— Regra Número Cinco? — disse Harry Khan.

— Regra Número Cinco? — disse o senhor Malik.

— Regra Número Cinco, cavalheiros. Ela afirma claramente que está estritamente proibido o uso de iscas, atrativos, pássaros acorrentados ou sons gravados anteriormente para atrair os pássaros. Sinto muito, mas se um bebedouro de pássaros cheio de água não é uma isca, então não sei o que seria.

Um silêncio se instaurou no bar.

— Acho que você pode ter razão, Tiger — disse o senhor Patel.

O senhor Malik não disse nada. Sim, Tiger tinha razão, mas era uma questão que não se aplicava apenas a Harry Khan.

— Se o Comitê me permitir, gostaria de interferir aqui — disse ele. — Se os pássaros que o senhor Khan viu hoje serão eliminados por conta desta regra, então acho que os meus também devem ser.

— O quê?! — exclamou o senhor Gopez. — Por quê? Como?

E então o senhor Malik explicou mais uma vez como tinha sido levado ao lado de Benjamin para as planícies, onde o solo era seco o mais seco que podia ser. Mas que aquele pequeno vilarejo para onde foram era como um oásis.

— E por quê? Por causa de uma fonte. A água é bombeada da fonte para um grande tanque, e canos levam essa água para as casas e para os campos.

— Mas o que diabos isso tem a ver com bebedouros de pássaros?

— Porque, A.B., num dos canos há um pequeno vazamento, bem perto de onde moram as pessoas mais idosas. Mas ninguém liga para este vazamento, porque a poça formada ali é onde os pássaros vão beber água. Nos períodos de seca, as pessoas gostam de saber que os pássaros têm um lugar onde beber água.

— Então você está dizendo...?

— Que a poça é exatamente como o bebedouro de pássaros no hotel. Está lá para os pássaros, mas não para atrair pássaros, se vocês compreendem o que quero dizer. Exatamente como o bebedouro de pássaros. São a mesma coisa.

Tiger olhou para os dois colegas de Comitê.

— Cavalheiros, devemos discutir este assunto mais a fundo?

— Acho que não é preciso — disse o senhor Gopez.

— Se está tudo certo para vocês dois, e para Malik e Khan, é claro — disse o senhor Patel —, então está tudo certo para mim também.

— Neste caso — disse Tiger —, qualquer objeção será indeferida. Senhor Patel, pode, por favor, conferir novamente as pontuações?

— Khan, 199. Malik, 198.

— Opa — disse Harry —, está chegando perto.

— E eu preciso lembrá-los firmemente, cavalheiros, de que amanhã é o último dia. Espero ansiosamente vê-los de volta aqui no clube ao meio-dia para a contagem final. Agora, se os senhores me dão licença, prometi levar minha esposa ao jantar da Associação dos Advogados.

— Preciso ir também, pessoal — disse Harry. — Parece que vou ter que começar cedo amanhã.

— Também peço licença — disse o senhor Malik. — Foi um dia muito cansativo.

— Boa noite, Tiger. Boa noite, Khan — disse o senhor Gopez. E então voltou-se para o senhor Malik e baixou a voz: — Agora que eles já foram, Malik, meu velho, conte-nos. O que foi que realmente aconteceu com seu carro?

Fraca-cristata

36

— Você não acha — disse Harry Khan, abanando um mosquito para longe dele — que as pessoas têm coisas melhores para fazer numa noite de sexta-feira?

— Numa manhã de sábado, na verdade, Harry — retrucou David, matando um outro mosquito friamente com a mão.

— Que diferença faz, Davo? — disse George, sentado ao lado deles no banco duro de madeira. — Sexta-feira, sábado, qual a diferença?

Lá fora o canto de um hadada vinha de uma acácia amarela. Uma galinha-d'angola soltou seu cacarejo alto e peculiar. Através das grossas barras de ferro de sua cela, assistiram a um róseo amanhecer.

Existem, como todos os bons alunos de ornitologia africana sabem, quatro espécies de galinhas-d'angola nativas do Quênia. Embora os cacarejos sejam iguais, elas podem ser distinguidas por pequenas diferenças de tamanho e plumagem. A mais comum é a fraca-da-guiné, cujas formas de um cinza-escuro peculiar com pintas brancas são freqüentemente vistas em pequenos grupos nas regiões mais áridas do país.

A pintada-vulturine e a fraca-cristata são as menos comuns, sendo que a mais rara de todas é esta última — que agora só se encontra na floresta Sokoke, ao norte de Mombasa (se você tiver a grande sorte de ver uma, poderá reconhecê-la pela coloração azulada das pintas e pelo vermelho mais carregado em torno dos olhos). Por ter nascido na costa, em Takaungu, esta última espécie era a mais conhecida do soldado William Hakara, e era a de que mais gostava também. Assada, frita ou cozida, não havia nada que William Hakara mais apreciasse do que uma boa e fresca galinha-d'angola, e desde criança ele desenvolvera habilidades consideráveis para caçá-las.

As fracas-cristatas são aves tímidas e cautelosas. Elas se mantêm num só pedaço da floresta, e conhecem cada galho, cada rasto. É quase impossível surpreendê-las, apanhá-las ou acertá-las com um tiro. Mas são muito curiosas, e nada atiça mais sua curiosidade do que a cor azul. Nunca vi, mas meu amigo Kennedy me jurou ter visto, certa vez, uma fraca-cristata fitar por uns bons minutos um maço de cigarros Clear Sky. Se quiser preparar uma armadilha para uma dessas aves, então a melhor isca não são grãos, frutas nem nada que a ave se anime a comer, use simplesmente algo azul. Quando criança, William Hakara sempre usava pequenos pedaços de pano azul amarrados a uma vara. Esta vara acionava um gatilho para uma armadilha de mola: o pássaro bicava o pano, a vara soltava um galho, o galho puxava o nó, o nó capturava o pássaro. Ele sempre preparava uma armadilha no caminho para a escola e ao final da aula a presa estava prontinha para ser levada para casa.

Quando terminou o período escolar, William Hakara ficou contentíssimo por ter sido aceito no Exército, embora decepcionado, quando, depois do treinamento básico, foi mandado não de volta para a costa (como esperava) mas para Nairóbi, para o Quartel-general do Primeiro e do Segundo Batalhões da Brigada de Artilharia do Quênia. Imagine, então, seu prazer, naquela primeira semana, quando, em patrulha noturna, ele ouviu, do lado de dentro da cerca de delimitação, um suave cacarejo familiar vindo de uns arbustos bem do outro lado da divisória. Na noite seguinte, ele levou consigo para a patrulha não apenas o rifle, mas também um alicate, um pedaço de linha de pesca e um retalho de pano azul. Ninguém perceberia o pequeno buraco bem rente ao chão na cerca de trás, do tamanho exato para um pássaro curioso passar. Com sorte ninguém perceberia o pano amarrado a uma vara, nem o galho dobrado com um nó de linha de pesca. E se tivesse ainda mais sorte, na noite seguinte, depois de patrulhar a região, estaria chupando os ossos de uma deliciosa galinha-d'angola assada.

O primeiro pensamento que passou pela cabeça dele ao ver lanternas perto da cerca foi de que alguém estaria tentando lhe roubar o jantar. Mas, se fosse isso, estavam fazendo um barulho tremendo. Seu segundo pensamento foi de que alguns dos soldados da sua brigada, voltando tarde e bêbados para o dormitório, vindos do Blue Beat Hotel & Bar na Magadi Road, estariam tentando pular pela cerca de trás e entrar no quartel evitando assim os oficiais da Polícia Militar, e, neste caso, ele talvez devesse ajudá-los. Mas, se fossem eles, também estavam fazendo barulho demais. Foi só quando ele chegou lentamente mais perto da cerca e viu três homens com binóculos e lanternas, que o terceiro pensamento passou pela sua cabeça. Aqueles homens não eram nem ladrões de armadilhas, nem soldados. Eram intrusos.

— Parados — disse ele. — Quem está aí?

Do outro lado da cerca Harry Khan pensou ter visto algo se mover; um pássaro talvez?

— Shh. Faça silêncio, David, assim vai assustar as corujas — disse.

— Não fui eu que falei. Estou bem aqui atrás de você.

— Então pare de brincadeiras, George.

— Também não fui eu.

— Parados — repetiu a voz — ou eu atiro.

"Atiro"? Harry olhou em volta. Viu David com sua lanterna e George com a dele. E adiante, perto da cerca, havia uma outra luz. Ele pensou rápido. O Modern East Africa Tourist Inn estava fechado havia horas e seu Mercedes vermelho era o único carro parado no estacionamento.

Ele não vira luzes de nenhum outro carro chegando. Estava escuro. Eles estavam sozinhos, desarmados e muito longe de conseguir qualquer tipo de socorro.

— George, David, melhor pararmos, concordam?

Quando eles pararam, a voz falou novamente.

— Ótimo. Agora apaguem as lanternas e as coloquem no chão. Por favor. E mãos para cima.

Três lanternas com a potência de seiscentas mil velas foram calmamente colocadas no chão. Três pares de mãos se ergueram. Eles ouviram o que parecia ser o acionamento dos botões de um rádio e um minuto depois um veículo circundou a cerca e parou atrás deles.

Outras luzes se acenderam, e, brilhando em meio àqueles feixes, surgiu um cano de espingarda.

— Merda — disse Harry entre os dentes. E depois: — Quem são vocês, o que querem?

— Acho que somos nós que vamos fazer as perguntas aqui, cavalheiros — disse uma outra voz. — Virem-se. Marchem.

E eles se viraram e marcharam — passaram pelo jipe, passaram pelo Mercedes estacionado, passaram pela entrada do MEATI, e continuaram pela estrada em direção a uns portões cujos enormes letreiros os identificavam como a entrada do Quartel-general do Primeiro e do Segundo Batalhões da Brigada de Artilharia do Quênia.

Corujinha

37

Poucas coisas são capazes de chocar um advogado. As coisas que os homens fazem e as razões que os levam a fazê-las, o ponto até onde os homens são capazes de chegar para ocultar o que fizeram e para esconder seus mais profundos medos, desejos e emoções — até deles mesmos —, tudo isso dificilmente passa despercebido pelo olhar forense do advogado. H.H. Singh, bacharel e mestre em direito pela Universidade de Oxford, no entanto, teve que confessar à esposa que ficara levemente surpreso com o telefonema recebido naquele sábado de manhã bem na hora em que estava saindo para o clube. Era o coronel Jomo Bukoto. Um de seus homens havia prendido alguns invasores no quartel e um destes invasores o estava chamando. Era Harry Khan, e o militar perguntava se ele o conhecia.

Tiger deu alguns telefonemas, trocou de roupa e chegou ao quartel apenas 35 minutos depois de ter atendido ao telefonema. Depois de dizer seu nome ao guarda no portão, foi escoltado até o refeitório dos oficiais, onde encontrou o coronel Bukoto, em trajes de golfe, pronto para engolir um ovo cozido. Ao lado do ovo, havia um prato de torradas amanteigadas, já cortadas em pedaços. De pé, ao lado dele, havia um soldado grandalhão, vestido com um uniforme de tenente.

— Obrigado por me receber, coronel.

O coronel Bukoto virou-se e o olhou de cima a baixo — e agora vocês vão ver como Tiger Singh é um bom advogado. Pois estava usando calças folgadas brancas, camisa de manga curta, colete sem manga e sapatos mocassim. Traje que de imediato o identificava como um companheiro jogador de golfe.

— Senhor Singh, o prazer é meu — disse o coronel, sorrindo. — Sente-se, meu caro. Chá?

Embora o tempo fosse precioso, a conversa não podia ser apressada.

— Obrigado, coronel — disse Tiger ao se sentar. Hesitando, pôs a mão no bolso de trás, tirou um pino de golfe de plástico amarelo e depois acomodou-se na cadeira. — Um chá seria perfeito.

— Então — disse o coronel, fazendo um sinal para o oficial do dia —, este homem, Khan.

— Ah, sim, coronel Bukoto. Harry Khan. Talvez o senhor pudesse me informar os detalhes.

— Foi encontrado por um de nossos guardas na noite passada, tarde da noite, do lado de fora da cerca de trás, aparentemente tentando entrar no quartel.

— Sozinho?

— Não. Com dois *wazungu*, australianos. Eles dizem que são observadores de pássaros.

— Ah. — Tiger fez uma pausa para aceitar a xícara de chá. — O senhor acreditou neles?

— Não sei.

— Observadores de pássaros, o senhor diz?

O tom de voz de Tiger era baixo, mas o jeito como suas sobrancelhas se encresparam levemente enquanto ele falava fizeram com que o coronel, que já fora fã dos livros de Ian Fleming, se lembrasse da menção a observadores de pássaros em um deles: *007 contra o homem com a pistola de ouro*.

— O senhor está querendo dizer...

— Diga-me, coronel, os outros senhores pediram-lhe que entrasse em contato com a embaixada australiana?

— Sim, os dois me pediram.

— Hummm — disse Tiger.

— Khan, no entanto, pediu para chamar o senhor.

— Não é com Khan que estou preocupado, coronel. Eu o conheço. Faz o tipo playboy. Tem rios de dinheiro, mas não é um mal adversário. Na verdade, devo jogar com ele a partida final do clube, na tarde de hoje, não sei se ele mencionou isso. Mas os outros dois... — Tiger se curvou para frente em sua cadeira. — O senhor diz que eles pediram para entrar em contato com o embaixador?

— Exatamente.

— Sei.

— E pediram também repelentes de mosquito.

— Ah. E o senhor deu a eles o repelente?

— Não.

Tiger fez sinal afirmativo com a cabeça.

— Se me permite dizer, coronel, o senhor evidentemente conhece os procedimentos necessários. Diga-me, eles já foram separados?

O coronel Bukoto virou-se para o ajudante de campo.

— Eles já foram separados?

— Não, senhor. O senhor não...

— Faça isso. Agora mesmo.

O ajudante de campo gritou uma ordem para outro soldado uniformizado, que saiu para cumprir a tarefa.

— O senhor já falou com eles, coronel?

— Não, ainda não. Achei melhor deixá-los lá um pouco.

— É claro — disse Tiger pegando a xícara e tomando um gole de chá quente. — Não tenho muita experiência nesse tipo de coisa, mas, no que diz respeito à parte legal, imagino que o senhor esteja seguro do que está fazendo.

— Sim, eu me informei, evidentemente.

O coronel assentiu para seu ajudante de campo, que disse.

— Poder estatutário de prisão dentro de duzentos metros de qualquer instalação militar, senhor. Poder de detenção e interrogação por 24 horas, senhor.

— E isto — disse o coronel, pegando seu guardanapo e limpando as migalhas de torrada de seu bigode — sem considerar a nova legislação antiterrorismo.

— Isso dá ao senhor tempo mais do que suficiente para interrogá-los, então. Tempo para acertar nove buracos antes mesmo de o senhor começar, eu diria. — Tiger sorriu, depois franziu a sobrancelha. — Ah, coronel, se o senhor concordar, acho que devo ir ver Khan, mas eu poderia antes dar um telefonema para o clube?

Tiger tentou de tudo para persuadir o coronel.

— Não, senhor Singh, sinto muito, mas terei que insistir.

— Mas há regras, regulamentos.

— Senhor Singh, se o senhor me permite, quem faz as regras aqui sou eu.

— Mas...

— Não, já tomei minha decisão. O senhor leva Khan. E eu vou interrogar os outros dois, não se preocupe quanto a isso.

— Mas, coronel, isso com certeza é altamente irregular. Quer dizer, o rapaz está legalmente detido e tudo o mais.

— Bom, ele pode ficar legalmente livre, não pode? Deixe isso comigo.

— Mas é só uma competição do clube. Haverá outra chance, no ano que vem ou...

O coronel ergueu a mão.

— Senhor Singh, considere isso como uma ordem.

E foi assim que, no último sábado da competição de pássaros, vimos Tiger Singh, ainda em seus trajes de jogador de golfe, chegar ao Clube Asadi com 15 minutos de sobra e trazendo Harry Khan, extraordinariamente encolhido, dominado, atrás dele. Harry não tinha, evidentemente, acrescentado nenhuma espécie à sua lista. Graças ao soldado William Hakara, seus planos de observar pássaros à noite e, em seguida, passar mais algumas horas produtivas no Parque Nacional de Nairóbi antes do meio-dia fracassaram.

Mas e o senhor Malik?

Bulbul

38

Sob sua rede contra mosquito no número 12 da Garden Lane, o senhor Malik também passara a noite em claro. A experiência do dia anterior de sair para observar pássaros no vilarejo de Benjamin pareceu colocar as coisas numa perspectiva diferente para ele. Nunca estivera tão perto da morte. A vida parecia diferente. Hoje ele não iria observar pássaros. Logo depois de tomar seu Nescafé e comer suas duas bananas matinais, chamou um táxi. Guiou o motorista para o contorno ao longo de Garden Lane. Tomando a segunda saída, passaram pela central telefônica e pelo correio, viraram à direita na mesquita e, às 8h30 da manhã em ponto, pararam em frente ao Hospital Aga Khan. Ele já não havia perdido uma visita por causa dos pássaros, por causa de Harry Khan? Não, havia coisas mais importantes, mais importantes ainda do que ganhar a oportunidade de levar Rose Mbikwa ao Baile do Clube de Caça.

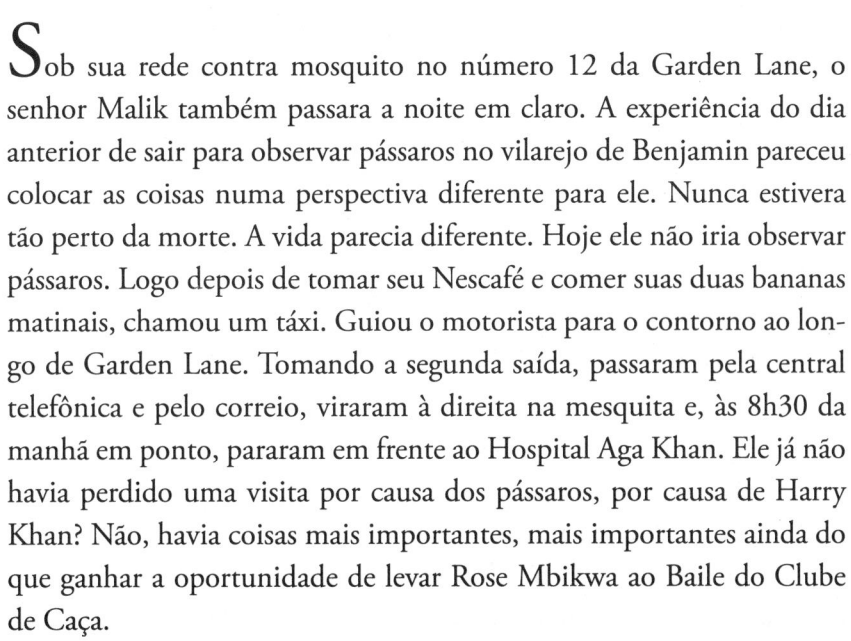

Durante as duas horas seguintes, como fizera em tantas manhãs de sábado dos últimos quatro anos, o senhor Malik sentou-se ao lado das camas dos doentes e moribundos, conversou com eles e os ouviu, sempre pensando. Depois foi (sem o binóculo) para o velho cemitério com seu muro quebrado e suas memórias, para pensar ainda mais. "Será que os pássaros", perguntou-se enquanto via as galinhas esqueléticas bicando em volta das lápides, "sofrem por seus mortos? Será que os pássaros têm arrependimentos?"

Quando o senhor Malik chegou ao Clube Asadi às 11h50, o lugar estava tão lotado de gente que ele mal pôde se espremer para passar pela porta do bar.

— Malik, é você? — chamou o senhor Gopez.

— Acho que você é o vencedor, meu velho — disse Patel.

Harry Khan já revelara ao Comitê que não vira nenhuma nova espécie desde a noite anterior, e a triste história que havia por trás disso. Ele ainda estava um ponto à frente, mas certamente Malik teria visto algum pássaro.

— Deixem o homem respirar — disse Tiger. — E então, Malik, conte-nos o que você viu desde ontem.

— Ah, nada de novo — disse o senhor Malik —, nada mesmo.

— Sim, sim, sim — disse o senhor Gopez. — Mas *quantos* pássaros você viu?

— Nenhum.

O bar ficou em silêncio.

— Cavalheiros — disse Tiger, aumentando o volume da voz. — Já sabemos algo sobre a infeliz experiência de Khan e sabemos que desde ontem à noite ele não viu nenhum pássaro novo para acrescentar à sua lista final. Malik, você está dizendo que também não tem nenhuma espécie a acrescentar à lista?

O senhor Malik assentiu.

O bar irrompeu em torcidas, vaias e assobios. O rosto de Harry Khan se transformou, passando de uma expressão de desânimo resignado para o mais largo dos sorrisos. Foi com alguma dificuldade que Tiger conduziu o senhor Malik até a mesa do canto da sala, onde o resto do Comitê encontrara lugar para se sentar.

— Meu Deus, Malik — disse o senhor Gopez —, não é possível que você não tenha visto um único passarinho. Onde diabos você passou a manhã inteira?

O senhor Malik, pensando nas pessoas que visitara no hospital e depois na hora que passou no cemitério, sorriu.

— Acho que os únicos pássaros que vi hoje, meus caros amigos, foram algumas galinhas velhas.

O senhor Gopez deixou o rosto cair sobre as mãos. O senhor Patel balançou lentamente a cabeça em sinal negativo. Tiger não disse nada. Depois observou.

— Então, acho, cavalheiros, que temos um empate.

O senhor Gopez levantou a cabeça.

— Empate? O quê? Você está falando das galinhas? É verdade, Tiger. Muito divertido. Muito engraçado mesmo.

— Galinhas — refletiu o senhor Patel. — Hummm...

— Falo mesmo das galinhas — disse Tiger Singh. — Nada nas regras, até onde sei, deixa as galinhas de fora da competição.

— Mas é um pássaro doméstico — disse o senhor Gopez. — Não é nem nativo da maldita África.

— Como eu disse, nada nas regras exclui espécies domésticas, e nada exclui espécies exóticas também.

— Mas uma galinha? — disse o senhor Malik.

O relógio bateu as doze badaladas.

O Comitê passou quase uma hora debatendo e reexaminando minuciosamente as regras antes de revelar o resultado final. A galinha, embora domesticada, estava solta, e não encarcerada, e era uma ave qualificada e catalogada. O senhor Malik os informara de tê-las visto antes de o horário final expirar. Deveria, então, ser acrescentada à sua lista. O resultado era, deste modo, um empate.

— Então — disse o senhor Gopez —, o que faremos agora?

— Vou dizer a você o que vamos fazer — disse uma voz vinda do bar. — Vamos tirar na sorte.

A voz (que você não vai se surpreender de saber que pertencia a Sanjay Bashu) foi acompanhada por um coro de outras, várias delas se alegrando em fornecer uma moeda. Em meio à chuva de centavos, Harry Khan ergueu a voz.

— Se Jack concordar, por mim tudo bem.

O senhor Malik estava pensando que Jack provavelmente não concordava, quando outro membro falou:

— Esperem aí. Eu não apostei meus cinco mil para perder ou ganhar numa disputa de cara ou coroa. Se empatou, as apostas estão suspensas.

A multidão agora estava dividida entre aqueles que queriam o cara ou coroa e aqueles que queriam o cancelamento do desafio. Foi novamente Tiger quem tomou a palavra.

— Cavalheiros, cavalheiros. Deixem-me lembrá-los das circunstâncias nas quais esta aposta, esta competição, se iniciou. O verdadeiro prêmio, como os senhores devem se recordar, não é um prêmio em dinheiro. É a mão, temporária que seja, de uma dama. E acredito que todos os senhores irão concordar que é bastante inapropriado, monstruosamente inapropriado, devo dizer, que uma questão como esta seja resolvida num cara ou coroa. Não, cavalheiros, um empate é um empate. Neste caso, acredito que todos nós teremos que concordar que todas as apostas devem ser canceladas.

Isso foi um alívio para o senhor Malik, que estivera pensando exatamente a mesma coisa que Tiger acabara de dizer.

— Obrigado, Tiger — disse ele.

— Muito bem, então está tudo acertado e muito bem dito — disse o senhor Gopez. — Mas isso ainda não resolve o problema.

— Problema, A.B.? — disse o senhor Patel.

— É, e quanto à questão do convite? Digo, e agora? A aposta foi cancelada, mas então os dois vão convidá-la, é isso?

— Entendo aonde está querendo chegar, A.B. Exatamente o problema que estávamos tentando evitar. Colocar a dama numa situação embaraçosa e tudo o mais.

— Estive pensando nisso também — disse o senhor Malik.

Os três membros do Comitê se voltaram para ele.

— Pensei sobre isso e decidi que, diante das circunstâncias, a coisa mais certa a fazer... — O senhor Malik viu Harry Khan surgir do meio da multidão e aumentou o volume de sua voz. — A coisa certa a fazer como membro mais antigo do Clube Asadi, e nas presentes circunstâncias, é me retirar da competição. Não vou convidar a senhora Rose Mbikwa para o baile.

Após um instante de silêncio todos na sala pareciam atônitos.

— Você tem certeza disso, amigo? — disse o senhor Patel.

— Talvez devêssemos discutir mais a fundo esta questão — disse o senhor Gopez. — Você não precisa tomar uma decisão apressada, não depois de tudo pelo que passou.

— Exatamente — disse Tiger. — Seria mais justo se nenhum de vocês a convidasse.

— Eu já tomei minha decisão — disse o senhor Malik.

"É", pensou ele, "havia coisas mais importantes".

Harry Khan sorriu. Tiger se levantou e se virou na direção dele.

— Neste caso, senhor Khan, ao que tudo indica, o senhor ganhou. Parece não haver nenhum motivo contra, nenhum impedimento para que o senhor convide a senhora Mbikwa para o Baile do Clube de Caça de Nairóbi.

— Obrigado, Tiger. E obrigado, rapazes, a você também, Jack. Foi realmente muito divertido, muito divertido mesmo.

Seu sorriso branco se alargou ainda mais.

— E então, onde está aquele telefone? Parece que hoje é o dia de sorte de uma certa dama.

Maçarico-galego

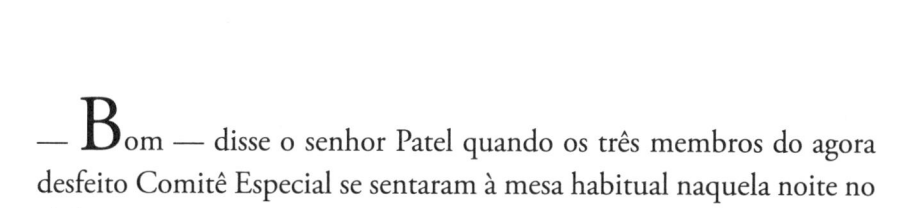

39

— Bom — disse o senhor Patel quando os três membros do agora desfeito Comitê Especial se sentaram à mesa habitual naquela noite no clube —, quem imaginaria uma coisa dessas?

O senhor Gopez balançou a cabeça.

— Que diabos o levou a fazer isso? — disse. — Sei que ele não ganhou, mas ele também não perdeu.

— Tenho que admitir que até eu fiquei surpreso com a atitude de Malik, com a sua *abdicação*, se podemos chamá-la assim — disse Tiger. — Minha esposa também ficou surpresa quando contei a ela.

— Não consigo parar de pensar que aqueles bandidos talvez tenham alguma coisa a ver com isso.

— Você acha que isso fez com que a competição perdesse a graça para ele? — disse o senhor Gopez.

— Talvez ele tenha sentido pena do pobre Khan.

— Por causa de toda aquela confusão no quartel? — disse o senhor Patel. — É verdade, Tiger, você ainda não nos contou o que aconteceu.

— Está *sub judice*, em julgamento, sinto muito.

— Ah, vamos lá, Tiger — disse o senhor Gopez. — Você pode contar para nós, não pode?

Tiger pensou um pouco.

— Acho que não há mal nenhum em contar os fatos do ocorrido. Parece que tarde da noite de ontem, Harry Khan foi descoberto por um soldado perambulando em volta do quartel, aquele que fica na Limuru Road.

— Ali perto do MEATI?

— Este mesmo.

— Mas o que diabos ele estava fazendo lá?

— Segundo o que me contou, ele e dois camaradas, uma dupla de turistas australianos aos quais se juntou, estavam tentando identificar algumas novas espécies com lanternas. Nada que fosse contra as regras da competição, imagino.

O senhor Gopez grunhiu.

— Mas que lugarzinho ruim eles escolheram para acender lanternas.

— Certamente, A.B., embora eu imagine que nenhum dos três soubesse disso na noite passada. De qualquer modo, o Exército e o coronel Jomo Bukoto, do Primeiro e do Segundo Batalhões da Brigada de Artilharia do Quênia, em particular, desaprovam inteiramente atividades como essas.

— Então, como foi que você conseguiu libertá-los?

— Infelizmente não libertei *todos eles*, A.B., apenas *ele*. E isso é uma informação que precisa permanecer confidencial.

O senhor Gopez assentiu resmungando.

— Então você está dizendo que os outros dois sujeitos ainda estão presos?

Tiger consultou seu relógio de pulso.

— Imagino que, a esta hora, o coronel tenha terminado sua rodada de golfe e os esteja interrogando neste exato momento. Trabalhinho difícil, mas duvido que chegue aos tribunais... Eles, provavelmente, serão apenas deportados.

— Deportados? Mas não são inocentes?

— Suas intenções talvez fossem inocentes, A.B., mas, na realidade, eles não são. Existem leis contra perambular em volta de instalações militares durante a noite, mesmo que você esteja apenas observando pássaros.

— Mas será que os australianos não vão fazer barulho por causa disso? — disse o senhor Patel.

— É bem possível que o embaixador deles dê alguma declaração, mas a situação é constrangedora. Se o nosso governo sempre se mostra ansioso para fazer com que tudo corra na mais perfeita ordem para os turistas, no momento ele está igualmente ansioso para deixar claro que estamos bem preparados no que diz respeito à segurança nacional. Aposto que a questão da segurança sairá ganhando.

— Quanto tempo você acha que eles ainda ficam por aqui, esses dois camaradas, antes que os mandem embora?

— Isso, eu acho, vai depender de quanta publicidade o governo pretende angariar.

A.B. Gopez respirou profundamente.

— Eles vão tirar o que puderem dessa história, podem escrever o que digo. Manchetes nos jornais durante meses, não tenho dúvida.

O senhor Patel virou-se para o amigo com um sorriso inocente.

— Ah — disse, apanhando sua carteira. — Não sei, não.

Assim como cada uma das 1.431.116 mulheres que, segundo o censo oficial mais recente, habitam a cidade de Nairóbi (e provavelmente o dobro deste número que não vive oficialmente na cidade), Rose Mbikwa não estava a par desses eventos. Desde a sua volta da Suíça, depois da cirurgia, sua principal preocupação foi apenas a de ficar boa logo. Seu cirurgião a assegurara de que, embora tivesse excelentes chances de recuperar inteiramente a visão, não era recomendável — de fato podia ser contraprodutivo — apressar essas coisas. A visão já estava muito melhor com as novas lentes artificiais, mas o olho em si levaria tempo para se recuperar. Ela devia descansá-lo e continuar usando o tampão quando estivesse fora de casa, por pelo menos mais um mês.

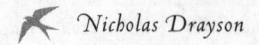

Quando desceu as escadas, saindo do quarto, uma semana depois de sua volta para Nairóbi, Rose ficara pensativa. Ela se decepcionara, e se dera conta disso, de não ter visto o senhor Malik quando ele viera apanhar o carro. Por que se sentira decepcionada, não sabia ao certo. Com aquele penteado esquisito e seu jeito tímido, ele era um homem estranho, mas ela sabia que era um bom homem, e é isso que conta. Ele vinha freqüentando as caminhadas dos pássaros havia bastante tempo já, e sempre esperava que o velho Mercedes dele ficasse cheio de jovens estudantes para só então dirigir para onde quer que fosse. E ele sempre fazia questão de chamar a atenção de todos quando via algo que achasse que os companheiros iriam gostar de ver — mas de uma maneira modesta, não como alguns outros. Talvez tivesse a ver também com o adesivo da AIDS. Ela tinha um igual em seu próprio carro. Talvez fosse por todas essas coincidências. E sabia que, como ela, ele amava o Quênia e seus pássaros.

Rose também estava levemente decepcionada — embora de maneira diferente — com o fato de Harry Khan não estar na cidade. Harry era divertido, e enquanto ela estivera fora andara pensando que estava na hora de ter mais diversão em sua vida. Um pouco menos de passado e de futuro e um pouco mais de presente. Harry deixara uma mensagem dizendo que estaria fora de Nairóbi durante uma semana mais ou menos, a trabalho — algo a ver com franquias. Dizia que talvez pudessem sair quando ele voltasse. É, talvez pudessem sair. Mas talvez Rose tenha se decepcionado com outra coisa, ainda: quando se volta para casa de alguma viagem — mesmo que tenha sido por nove dias apenas —, é bom saber que todos estão felizes de ver você de volta ou que ao menos perceberam a sua ausência. Ela passaria mais tarde no museu. Embora já tivesse pedido uma licença de um mês, devia haver alguns cheques para assinar ou correspondências urgentes para verificar por lá. Por baixo do seu tampão de pirata, o olho ainda doía um pouco, mas, de resto, sentia-se bem. Na verdade, talvez fosse dar uma pequena caminhada naquele exato momento.

Já mencionei aqui que uma das características peculiares de Nairóbi é seu sistema de controle do lixo. As fogueiras de beira de estrada que enchem as ruas de fumaça ajudam a mantê-las relativamente limpas ao consumir qualquer coisa, desde folhas mortas até cachorros mortos (isso é verdade, eu vi com meus próprios olhos). Mas a limpeza das ruas lhe custa a pureza do ar. Misturadas com a fumaça de cinquenta mil carros movidos a diesel e com falhas no sistema de escapamento, as fogueiras criam um aroma urbano diferente. Ainda assim, naquele dia de outubro, o cheiro que saudou o nariz de Rose enquanto caminhava em direção ao portão, pela entrada da garagem de sua casa, era um quase delicioso aroma familiar.

Não se conformava, no entanto, com aqueles carros. Havia mais automóveis do que nunca na rua, do lado de fora da casa vizinha. Ela realmente teria que conversar com o juiz. Como o velho Mercedes do senhor Malik fora parar no meio deles iria provavelmente permanecer um mistério — talvez os ladrões estivessem apenas procurando um lugar para abandoná-lo onde ele pudesse não ser encontrado durante algum tempo. Mas ela ficara feliz de ter reconhecido o carro e ainda mais feliz de o senhor Malik o ter recuperado. E ela *iria* falar com o juiz. Mas não agora. Cumprimentando alegremente com a cabeça seu *askari* número um, o velho Mukhisa, ela ajustou o tampão de olho e saiu para seu passeio pelos Serengeti Gardens. Foi se distanciando dos carros estacionados sem nem olhar para a pequena fogueira no meio-fio bem na frente da casa do juiz, e começou a descer a colina. Mas então começou a chover, uma chuva forte. Rose, como não levara guarda-chuva, decidiu dar meia-volta. Não tinha problema, havia mesmo muita coisa para ela fazer em casa. Havia em primeiro lugar aquele convite que acabara de chegar. Precisava mandar uma resposta. Com a cabeça abaixada, voltou rápido para casa.

É possível se preocupar muito e pouco com a mesma coisa ao mesmo tempo? O senhor Malik parecia se sentir assim. Não, não por ter perdido a chance de convidar Rose Mbikwa para o baile; aquela história estava concluída, acabada, e as suas chances também, muito embora os ingressos para o baile tivessem afinal chegado e estivessem agora sobre a mesa junto à porta da frente. Ele decidiria o que fazer com eles mais tarde. E seu carro voltara do mecânico com novos eixos para as rodas de trás, um novo vidro traseiro e o teto desamassado precariamente de volta à sua forma original. Mas havia ainda o caderno desaparecido.

Por um lado, o fato de ele não ter mais ouvido falar no caderno era provavelmente um sinal de que ele fora perdido, esquecido ou jogado fora. Mas o senhor Malik não conseguia afastar o pensamento mesquinho de que o mesmíssimo fato poderia ser um sinal de que naquele exato momento o caderno estivesse sendo examinado por alguém que ele preferia que não o tivesse examinando. Alguém do governo ou do judiciário. Como eles adorariam saber a identidade daquela pedra no seu sapato, Dadukwa. O que não fariam se descobrissem.

— Papai — disse sua filha Petula ao se sentar com ele na varanda certa manhã e perceber que o pai, mais uma vez, comera apenas uma das bananas de seu café da manhã —, está sentindo alguma coisa?

Ele andava muito parado ultimamente e tinha uma aparência um tanto pálida. Não fora ao clube a semana inteira. Ela esperava que não fosse nada ligado ao coração dele. O senhor Malik levantou os olhos do seu Nescafé e deu um pequeno sorriso.

— Não, minha querida, nada.

Se não era nada com o coração, talvez fosse aquele acidente que ele lhe contara. Imagine só, tentar dirigir com o pneu furado... Seria mesmo de esperar que ele tivesse capotado o carro, quebrado o vidro e amassado o teto. Por que diabos resolvera ir àquele vilarejo com Benjamin? É mesmo, o que exatamente ele *andara* fazendo? Havia algo estranho acontecendo.

Ela tinha que se lembrar de perguntar a Benjamin.

40

A temperatura na cozinha do hotel Suffolk está em 38 graus e continua subindo. Todos os fornos estão incandescentes, todas as bocas de fogão, acesas. O curry ferve lentamente, o biriani borbulha — camarões temperados, costeletas de cordeiro e asas de galinhas fritas na frigideira e assadas no forno. Pela porta dos fundos, o aroma de carne assada é levado em ondas pela brisa. Do lado de fora, em três grandes espetos sobre a grelha de carvão em brasa, três carneiros inteiros estão sendo cozidos desde o meio-dia. Na copa, trezentas tortilhas de curry e o mesmo número de samosas (de carne e vegetarianas) estão enfileiradas em bandejas de metal prontas para entrarem no forno. Seiscentas fôrmas de canapés esperam por seus recheios. O próprio chefe de cozinha está acrescentando a camada final de glacê aos bolos. Falta uma hora para o início do baile.

Na sala de café da manhã, que foi arrumada para servir os drinques, oito caixas cheias de Johnnie Walker, oito de Hennessy e oito de Gordon estão guardadas lado a lado atrás do bar. No frigorífico há cerveja Tusker, água tônica e refrigerante suficiente para fazer flutuar um pequeno rebanho de hipopótamos. Do salão de festas, adornado de flores e folhagens, vem o som estridente do teste de microfone de Milton Kapriadis. Ele já montou as estantes para as partituras e a bateria e agora está mexendo em fios e amplificadores. Experiências passadas ensinaram a ele que é melhor você mesmo fazer essas coisas. De uma velha valise azul ele tira algumas partituras musicais e começa a distribuí-las pelas estantes. No topo da pilha está a valsa "Danúbio azul" — com arranjos do velho Glenn Miller. A valsa é a primeira dança do Baile do Clube de Caça desde muito antes de ele começar a tocar ali. Depois dela vem um foxtrote, depois um *two-step*, um *quickstep* e depois um gostoso e animado *medley* de rock-'n'-roll. Depois do primeiro intervalo, mais uma valsa. Avançando noite adentro, ele deverá fazer a banda tocar algumas músicas *disco* — afinal, é preciso se manter atualizado. No número 12 da Garden Lane, o senhor Malik está sentado, de pijamas, na frente da televisão.

Agora os convidados já chegaram. Milton Kapriadis levanta a sua batuta. Sua Excelência, o embaixador britânico no Quênia, toma a esposa pela mão e entra na pista para a primeira dança. Harry Khan vira-se para a mulher ao seu lado na mesa.

— Que tal, querida? Vamos dançar ou vamos dançar?

Com um sorriso gracioso, ela aceita. De braços dados, entram na pista. Outros casais se juntam a eles. Mãos se juntam, o braço dele em torno dela, e lá vão eles, um-dois-três, um-dois-três, rodando pelo salão atrás do embaixador e de sua esposa. Harry dá uma piscadela. De repente, ele e sua parceira se separam. Ainda olhando um para o outro, eles se curvam e depois dão um passo para a direita, um passo para a esquerda. Rodopiam — o que aconteceu com a valsa? Tomando-lhe a mão oposta, ele a guia pelo seu braço levantado, pára e a passa por trás. Mais rodopios, mais passos; isso não seria um *sugar push*? Passos de rock-'n'-roll em tempo de três por três? Em todos os setenta anos em que o Baile do Clube de Caça existiu nunca ninguém vira nada como aquilo.

Nem todos estão dançando. Numa mesa para quatro, perto do bufê, estão Jonathan Evans e sua esposa e Patsy King com seu marido. Jonathan convidará Patsy para a próxima dança e ela friamente recusará — assegurando-se, supostamente, de que seus respectivos cônjuges continuarão sem suspeitar do romance ilícito deles. Outros veteranos das caminhadas dos pássaros das terças-feiras estão sentados com os copos cheios diante deles, numa mesa próxima. Hilary Fotherington-Thomas (gim e tônica) e Joan Baker (*brandy* e soda) estão sentadas uma ao lado da outra e examinando a pista de dança. Sócias antigas do Clube Karen, elas formam dois quintos do Comitê de Baile do Clube de Caça. Dois lugares na mesa delas ainda estão vagos — Tom Turnbull sem dúvida teve problemas com sua gravata borboleta ou com seu Morris Minor, ou talvez com os dois (por fazerem parte do comitê, Hilary e Joan sabem bem quem comprou ingressos). Nenhum sinal de Rose ainda.

Pois a mulher com quem Harry está dançando não é Rose Mbikwa. Ele telefonara para ela do Clube Asadi e deixara um recado, e ela telefonara mais tarde para o hotel dele. Estava, disse ela, extremamente lisonjeada com o convite, mas já tinha outros planos para aquela noite. Harry então convenceu sua mãe a ir. Ela nunca fora a um baile do Clube de Caça e, apesar de resmungar que a música é alta demais e que há pouco curry nas tortilhas, está se divertindo com a volta ao passado. Também na festa está a bela sobrinha de Harry, Elvira, com seu irmão Sanjay e a namorada dele. E finalmente está lá também o noivo de Elvira, que acabara de voltar de Dubai e neste momento não parece nada satisfeito, talvez porque a mulher com quem Harry esteja dançando seja Elvira. Nas duas noites anteriores os dois estiveram praticando os movimentos (nem todos, devo dizer, estritamente verticais) no quarto de hotel dele e naquele exato momento ela parecia não estar dando a mínima para ele.

Mas Harry Khan e Sanjay Bashu não foram os únicos membros do Clube Asadi que compraram ingressos para o Baile do Clube de Caça. Numa mesa do outro lado do salão, o senhor e a senhora Patel estão sentados entre o senhor e a senhora Gopez e os Singh. Tiger está de smoking, a senhora Singh está belíssima de rosa. O senhor Patel exibe o sorriso especial de quem ganhou uma aposta recente do senhor Gopez. Duas cadeiras na mesa deles também estão vazias.

— Você acha que ele vem? — disse o senhor Gopez.

— Não sei, A.B. — disse o senhor Patel. — Realmente não sei.

— E então papai, como estou?

O senhor Malik, ainda de pijamas, tirou os olhos do canal de notícias BBC World. E o que foi que viu? Sua filha Petula, e ela não estava de jeans. Ele sorriu, depois franziu o cenho. Aquele sári carmesim escuro ornado de finos fios de ouro, não era um que a mãe dela usava? E aquele pequeno bindi brilhando em sua testa não era igualzinho ao que a mãe usava? É bem verdade que o cabelo de sua filha não era longo, escuro e cacheado nem estava preso atrás da cabeça, naquele penteado que sua esposa fazia para mostrar o pescoço esbelto, e que tinha o poder de comovê-lo. O cabelo curto de Petula brilhava como o ébano e aqueles brincos de ouro e rubi pendurados nos queridos e pequenos lóbulos de suas orelhas com certeza eram os da mãe.

— Minha filha — disse, e lágrimas lhe vieram aos olhos —, você está linda. Aonde vai?

— Ao baile, é claro.

— Ao baile?

— Ao Baile do Clube de Caça. Depressa. Vamos nos atrasar.

— Nos atrasar? Nós?

— Papai, eu vi os ingressos. Entendi a indireta. Vamos.

— Eu...

— Vamos, papai. Uma garota não pode ir a um baile sozinha, você sabe.

Ela sorriu para ele e mais lágrimas lhe vieram aos olhos, de modo que teve que desviar o olhar.

O senhor Malik foi para o quarto e abriu o armário de madeira de cânfora. Tirou o smoking, a calça e a camisa. Tomou banho e se barbeou. A calça e o paletó estavam um pouco apertados, mas a calça tinha um cós ajustável e ele podia deixar o paletó desabotoado. Ao menos os sapatos pretos de cadarço ainda cabiam. Ele foi até a penteadeira e deu o laço na gravata-borboleta, depois pegou o pente e, inclinando-se mais para perto do espelho, penteou cuidadosamente o cabelo.

— E então, filha — disse o senhor Malik ao entrar novamente na sala —, como estou?

— Papai — disse ela —, você está lindo.

Benjamin se surpreendera quando Petula perguntara a ele o que havia acontecido no dia em que eles foram ao seu vilarejo, mas ficara muito feliz de contar a ela sobre os pássaros e os bandidos. E depois ele contou também o resto da história, da maneira como o garçom do bar do Clube Asadi tinha contado a ele enquanto ele bebia sua Coca-Cola (por não ser um membro do clube, ele se sentia desobrigado de guardar segredo sobre as informações privilegiadas a que tivera acesso). Foi assim que Petula descobriu tudo sobre a aposta do pai com Harry Khan e sobre os ingressos para o baile. Ela acabou entendendo o restante da história. E sabia bem o que devia fazer.

Insistiu que fossem para o Suffolk no seu pequeno Suzuki e não no carro do pai.

— Será bem mais fácil de estacionar.

E estava certa, pois conseguiu espremê-lo numa vaga na estrada, bem próxima do hotel, na qual o velho Mercedes verde jamais caberia. Levando a bela filha pelo braço, o senhor Malik atravessou a estrada e subiu com ela os degraus que levavam até o saguão do hotel. Vindo do salão de festa à esquerda, eles puderam ouvir o som das trompas. O primeiro bloco de músicas tinha terminado. Um garçom veio correndo da cozinha trazendo bem no alto, nas pontas dos dedos de sua mão espalmada, duas bandejas de canapés de cogumelos. Eles o seguiram para dentro do salão passando pelas portas duplas abertas.

O senhor Patel foi o primeiro a vê-los. Pôs-se de pé.

— Aqui, Malik.

Os que estavam dançando retornavam aos seus assentos e o senhor Malik e Petula levaram algum tempo para chegar até a mesa e cumprimentar os amigos.

— Que bom que você veio, velho amigo — disse o senhor Gopez. — Estava começando a achar que não vinha.

— Como poderia não vir? — disse o senhor Malik, olhando em direção à filha e percebendo que mais lágrimas brotavam dos seus olhos. — Ela está tão parecida com a mãe esta noite.

— Tem-se a impressão de que todo mundo está aqui — disse o senhor Gopez. — Imagino que tenha visto Harry Khan. Ele estava dançando com aquela sobrinha dele, sabe?

O senhor Malik correu os olhos pelo salão. Sim, lá estava Harry Khan agora sentado numa mesa com a garota, Sanjay Bashu e mais duas pessoas que ele supôs que fossem a mãe dele e algum outro membro da família. Em outra mesa ele viu alguns conhecidos e amigos seus da caminhada dos pássaros das terças-feiras. Não achou Rose Mbikwa, mas viu Joan Baker se levantar de sua mesa e ir até o microfone. O salão ficou em silêncio.

— Sua Excelência, senhoras e senhores. O jantar está servido no salão principal.

No minuto de silêncio que se seguiu a este aviso, os que estavam perto da janela puderam ouvir um bater de porta de carro, seguido de um xingamento, depois um barulho de chaves e um outro bater de porta. No minuto seguinte, Tom Turnbull entrou no salão. O smoking que usava era no mínimo tão velho quanto o carro dele. Ele trazia a seu lado, envolta num vestido de cetim azul-escuro e com um xale azul-claro, Rose Mbikwa.

Nem o senhor Malik nem Harry Khan imaginaram que Rose pudesse ter outro admirador. Nem que durante os últimos dez anos ela pudesse ter recebido o mesmo convite. Nunca feito pessoalmente nas caminhadas dos pássaros das manhãs de terça-feira, o convite sempre chegara pelo correio: "O senhor Tom Turnbull solicita o prazer da companhia da senhora Rose Mbikwa para o Baile do Clube de Caça de Nairóbi."

Todos os anos ela respondera com uma recusa gentil. O assunto não era mencionado novamente até que o convite seguinte chegasse. Neste ano, por algum motivo, Rose o aceitara. Mesmo a própria Rose não sabia ao certo por quê. Talvez tivesse algo a ver com a cirurgia e com o fato de ela estar enxergando melhor, ou de maneira diferente, agora. Talvez tivesse a ver com Harry Khan e com ela ter se divertido com ele. Talvez tivesse a ver até com o senhor Malik.

"Rose nunca estivera tão linda", pensou o senhor Malik. Ela largou o braço de Tom Turnbull e cumprimentou Joan e Hilary com abraços leves. O senhor Malik a viu cruzar o olhar com o de Harry Khan, sorrir e acenar para ele. Pessoas de outras mesas começaram a se dirigir para o salão. Rose correu o olhar pelo aposento, aparentemente procurando por mais alguém. Quando ela olhou na direção do senhor Malik e sorriu, ele, num reflexo, virou-se para ver quem estava atrás. Rose se curvou em direção às outras mulheres que estavam agora sentadas à mesa e murmurou algumas palavras, depois atravessou a multidão e caminhou na direção dele, ainda sorrindo.

— Senhor Malik — disse —, tinha esperanças de encontrá-lo aqui.

— Senhora Mbikwa. Acho que eu tinha a mesma esperança.

— Vocês poderiam me dar licença? — disse Rose. — Senhor Malik, prometo não afastá-lo de seus amigos ou de seu jantar por muito tempo, mas o senhor teria um minuto?

Ela o levou para fora do salão, passando pelo bufê, pelas portas duplas, pelo lobby e até pela mesa da recepção.

— Eu poderia reaver o pacote que deixei aqui ainda há pouco, por favor?

O funcionário da recepção entregou a ela uma sacola de plástico. Ela tirou de dentro um objeto azul, chamuscado e empapado.

— Hilary me contou que você comprou ingressos, então achei que devia aproveitar a oportunidade para lhe entregar isto pessoalmente esta noite. *É* seu, não é, senhor Malik?

Ele olhou para o que restara de seu caderno perdido.

— De fato é meu, sim, senhora Mbikwa. Mas como foi que a senhora...

— Eu encontrei do lado de fora da minha casa. Em Serengeti Gardens, como o senhor sabe. Estava numa fogueira, não muito longe de onde o seu carro foi abandonado no outro dia. Percebi o pássaro desenhado na capa e reconheci o desenho. Imagino que tenha caído do carro ou tenha sido jogado para fora. Sinto muito por ele estar um pouco queimado e um tanto molhado também. Estava chovendo. — Ela colocou o caderno nas mãos dele. — Não tem o seu nome escrito nele, mas tinha certeza de que era seu. E achei que o senhor podia querê-lo de volta. Todas essas anotações.

— Sim, eu...

— Ótimo. Bom, o que acha de deixarmos o caderno aqui bem guardado na recepção? O senhor pode apanhá-lo quando estiver indo embora.

— Claro. É isso mesmo que eu devo fazer. Obrigado. Posso dizer, senhora Mbikwa, que estou bastante aliviado por recuperá-lo. Mais do que a senhora pode imaginar.

Rose sorriu e olhou dentro dos olhos dele.

— Sim, imaginei que o senhor ficaria aliviado.

Neste momento, Milton Kapriadis levantou a batuta para dar início à próxima rodada de dança.

— Ah, a valsa de Viena — disse Rose ao ouvir as primeiras notas. — Era uma das favoritas do meu marido. — Ela se inclinou em direção a ele e apoiou levemente a mão em seu antebraço. — Senhor Malik, ou devo chamá-lo de senhor Dadukwa?, será que o senhor gostaria de dançar?

E, então, ao som da música de Milton Kapriadis e de seus Safari Swingers, devemos deixar o Baile do Clube de Caça de Nairóbi. Na pista de dança do hotel Suffolk, o senhor Malik tem em seus braços a mulher de seus sonhos, que está sorrindo para ele o sorriso mais doce. Se neste momento ele não é o homem baixinho, gorducho, careca e moreno mais feliz do mundo inteiro, então não sei o que é felicidade. Vemos os seus olhos se voltarem para a filha Petula, que também está na pista de dança. Vestindo o sári carmesim adornado de dourado, ela está tão linda quanto sua mãe foi — e aquele com quem ela está dançando é o noivo da sobrinha de Harry Khan? Ele está olhando nos olhos dela, e ela nos dele, e eles também parecem muito felizes. Harry Khan levou a sobrinha Elvira para se sentar com os companheiros do Clube Asadi, e ele deve ter contado alguma piada a eles, pois estão todos rindo. Talvez seja uma história sobre Bill Clinton ou sobre alguma das esposas dos franqueadores norte-americanos. Espero não esteja contando como o senhor Malik ganhou aquele velho apelido de escola, pois sobre isso nunca vou falar nada.

Editora responsável
Izabel Aleixo

Produção editorial
Daniele Cajueiro
Janaína Senna

Revisão de tradução
Lígia Diniz

Revisão
André Marinho
Carolina Rodrigues
Guilherme Semionato

Diagramação
Trio Studio

Este livro foi impresso em Guarulhos, em março de 2009,
pela Lis Gráfica e Editora, para a Editora Nova Fronteira.
A fonte usada no miolo é Adobe Garamond Pro, corpo 12/16.
O papel do miolo é pólen soft 70g/m², e o da capa é cartão 250g/m².

Visite nosso site: www.novafronteira.com.br